WHITNEY G.

ela nunca será minha

São Paulo
2015

UNIVERSO DOS LIVROS

Reasonable doubt 2

Copyright © 2014 by Whitney Gracia Williams

All Rights Reserved.

Copyright © 2015 by Universo dos Livros

Todos os direitos reservados e protegidos pela Lei 9.610 de 19/02/1998.

Nenhuma parte deste livro, sem autorização prévia por escrito da editora, poderá ser reproduzida ou transmitida sejam quais forem os meios empregados: eletrônicos, mecânicos, fotográficos, gravação ou quaisquer outros.

Diretor editorial: **Luis Matos**

Editora-chefe: **Marcia Batista**

Assistentes editoriais: **Aline Graça, Letícia Nakamura e Rodolfo Santana**

Tradução: **Luís Protásio**

Preparação: **Sandra Scapin**

Revisão: **Juliana Gregolin e Bruna de Carvalho**

Arte e adaptação de capa: **Francine C. Silva e Valdinei Gomes**

Dados Internacionais de Catalogação na Publicação (CIP)
Angélica Ilacqua CRB-8/7057

W689e

    Williams, Whitney Gracia

       Ela nunca será minha / Whitney Gracia Williams;

    tradução de Luís Protásio. – São Paulo: Universo dos Livros, 2015.

       112 p. (Reasonable Doubt, v. 2)

    ISBN: 978-85-7930-884-0

    Título original: *Reasonable Doubt 2*

    1. Literatura norte-americana 2. Ficção 3. Literatura erótica
    I. Título II. Protásio, Luís

15-0709   CDD 813.6

Universo dos Livros Editora Ltda.
Rua do Bosque, 1589 – Bloco 2 – Conj. 603/606
CEP 01136-001 – Barra Funda – São Paulo/SP
Telefone/Fax: (11) 3392-3336
www.universodoslivros.com.br
e-mail: editor@universodoslivros.com.br
Siga-nos no Twitter: @univdoslivros

Prólogo

Andrew

Nova York

Seis anos atrás...

Pela terceira semana consecutiva, acordei com uma chuva implacável caindo sobre essa cidade repulsiva. Nuvens revestidas com um horrível tom de cinza e relâmpagos cruzando continuamente o céu já haviam se tornado previsíveis.

Segurando meu guarda-chuva, caminhei até uma banca de jornal e peguei o *The New York Times*, preparando-me para o que estaria naquelas páginas.

– Quantas mulheres você acha que um homem consegue foder durante a vida toda? – perguntou-me o jornaleiro, enquanto me entregava o troco.

– Sei lá – respondi – Parei de contar.

– Parou de contar, hein? O que você fez, contou até dez e decidiu que já era suficiente antes de sossegar? – Ele apontou para a aliança de ouro em minha mão esquerda.

– Não. Sosseguei primeiro, depois comecei a foder por aí.

Ele ergueu a sobrancelha, parecendo um pouco atordoado, antes de se virar e começar a organizar o *display* de cigarros.

Alguns meses atrás, minha resposta àquela tentativa de conversa, àquela pergunta, teria sido um sorriso alegre e um comentário do tipo "Mais do que jamais iremos admitir", mas eu perdera minha capacidade de rir.

Minha vida era agora um filme deprimente, composto por imagens repetidas: noites em hotéis, suores gelados, memórias maculadas e chuva.

Maldita chuva.

Enfiei o jornal debaixo do braço e me virei, olhando para o anel em minha mão.

Eu não o usava havia bastante tempo e não fazia ideia do que me fizera colocá-lo hoje. Tirei-o do dedo e encarei-o pela uma última vez, balançando a cabeça diante de sua inutilidade.

Por uma fração de segundo, considerei mantê-lo, talvez guardá-lo como lembrança do homem que eu costumava ser, mas aquela versão de mim era patética, *ingênua*, e eu queria esquecê-la o mais rápido possível.

Quando o semáforo ficou verde, atravessei a rua. E assim que pisei na calçada, atirei o anel onde deveria tê-lo atirado meses atrás.

No bueiro.

Prova de defesa (s.f.):

Evidências que indicam que o réu não cometeu o crime.

Andrew

Hoje

O café quente que escorria por minhas calças e queimava minha pele era exatamente o motivo de eu nunca foder a mesma mulher duas vezes.

Estremecendo, respirei fundo.

– Aubrey...

– Você é casado, porra!

Ignorei o comentário dela e reclinei-me na cadeira.

– Pelo bem da sua futura carreira jurídica breve e medíocre, vou lhe fazer dois grandes favores: primeiro, vou me desculpar por tê-la fodido uma segunda vez e dizer-lhe que isso jamais voltará a acontecer. Segundo: vou fingir que você não acabou de me agredir com uma porra de café quente.

– Pare. – Ela atirou minha caneca de café no chão, estilhaçando-a. – Fiz isso, e a minha vontade é fazer de novo.

– Senhorita Everhart...

– Foda-se. – Ela estreitou os olhos. – Espero que seu pau caia – acrescentou, antes de deixar a sala.

– Jessica! – Levantei-me rapidamente e peguei um rolo de papel toalha. – *Jessica!*

Não houve resposta.

Enquanto eu pegava o telefone para chamá-la em sua mesa, ela, de repente, entrou na sala.

– Pois não, senhor Hamilton?

– Ligue para a lavanderia Luxury Dry e peça-lhes que entreguem um dos meus ternos aqui. Também preciso de uma nova caneca de café e do arquivo do RH da senhorita Everhart. E diga ao senhor Bach que vou me atrasar para a reunião das quatro horas.

Esperei que me respondesse com o habitual "Agora mesmo, senhor" ou "Estou indo, senhor Hamilton", mas ela não disse nada. Permaneceu calada, corando, os olhos grudados em minha virilha.

– Não precisa de ajuda para limpar isso? – ela disse, os lábios curvando em um sorriso faminto – Tenho uma toalha bem grossa em minha gaveta; é bem macia e... delicada.

– Jessica...

– É enorme, não é? – Seus olhos finalmente encontraram os meus. – Eu realmente não contaria a ninguém. Isso seria o nosso segredinho.

– A porra do meu terno limpo, uma nova caneca de café, o arquivo da senhorita Everhart e uma mensagem para o senhor Bach sobre o meu atraso. Agora.

– De verdade, adoro o jeito como você resiste... – Ela lançou outro olhar para as minhas calças molhadas antes de sair da sala.

Suspirei e comecei a limpar o máximo de café que podia. Eu deveria saber que Aubrey era do tipo emocional; deveria ter percebido que era instável e incapaz de se comportar normalmente no momento em que descobri que tinha criado uma identidade falsa no LawyerChat.

Arrependi-me de ter dito a ela que queria possuir sua boceta e amaldiçoei-me por ter ido ao apartamento dela na noite passada.

Nunca mais...

Enquanto eu rasgava uma folha de papel, uma voz familiar surgiu.

– Ora, ora, ora... Olá! É bom vê-lo novamente – ouvi.

Levantei a cabeça, esperando que aquilo fosse uma alucinação; que a mulher em minha porta não estivesse de fato ali, em pé, sorrindo, e que não estivesse dando um passo em minha direção, com a mão estendida, como se não fosse o motivo pelo qual, seis anos atrás, a minha vida tenha sido impiedosamente desfigurada.

– Não vai apertar a minha mão, *senhor Hamilton*? – Ela ergueu a sobrancelha. – Este é o nome que você está usando hoje em dia, não é?

Encarei-a longa e firmemente, percebendo que seus antigos cabelos negros e sedosos agora estavam curtos. Os olhos verdes continuavam tão suaves e sedutores como em minhas lembranças, mas já não causavam o mesmo efeito.

Todas as lembranças que eu vinha tentando reprimir ao longo dos últimos anos começaram, de repente, a passar bem na minha frente, e meu sangue começou a ferver.

– *Senhor Hamilton?* – ela perguntou novamente.

Peguei meu telefone.

– Segurança?

– Isso deve ser uma porra de brincadeira, não é mesmo? – ela disse, batendo o telefone – Não vai perguntar por que estou aqui? Por que vim vê-lo?

– Se fizer isso, vai parecer que me importo.

– Sabia que a maioria das pessoas condenadas à prisão recebem kits de cuidados básicos, ordens de pagamento e até mesmo um telefonema em seu primeiro dia? – Ela apertou a mandíbula. – Mas eu recebi os papéis do divórcio.

– Eu lhe disse que escreveria.

– Você me disse que *esperaria*. Disse que tinha me perdoado, que poderíamos recomeçar quando eu saísse, que estaria lá quando...

– Você cagou na minha vida, Ava. – Olhei para ela. – Você me destruiu, e a única razão pela qual eu falei aquelas coisas estúpidas foi porque meu advogado me instruiu a fazê-lo.

– Então não me ama mais?

– Não respondo a perguntas retóricas – eu disse – Não sou perito em geografia, mas sei bem pra caralho que a Carolina do Norte não fica em Nova York e que isso é uma violação da sua condicional. O que acha que vai acontecer quando descobrirem que está aqui? Acha que vão obrigá-la a cumprir a porra da sentença que você mais do que merece?

Ela engasgou.

– Você seria capaz de me denunciar?

– Eu seria capaz de passar por cima de você com o meu carro.

Ela abriu a boca para dizer mais alguma coisa, mas a porta se abriu e a equipe de segurança entrou.

– Senhorita? – disse Paul, o chefe da segurança, limpando a garganta – Gostaríamos que se retirasse agora.

Ava franziu a testa, sacudindo a cabeça.

– Sério? Vai mesmo permitir que me expulsem como se eu fosse um animal?

– Outra pergunta retórica. – Sentei-me, sinalizando para Paul se livrar dela.

Ela disse alguma outra coisa, mas eu não estava mais ouvindo. Ava não significava merda nenhuma para mim e eu tinha de encontrar alguém on-line naquela noite para conseguir arrancar da minha mente aquela porra de visita impetuosa e indesejada.

Evasão (s.f.):

Um truque sutil para recusar a verdade
ou escapar da punição da lei.

Aubrey

Andrew era o epítome do que significava ser um idiota, um exemplo perfeito do que essa palavra significava. Porém, não importava o quanto eu estivesse chateada, o fato é que não conseguia parar de pensar nele.

Nos seis meses em que vínhamos nos falando, ele jamais mencionara uma esposa. E a única vez que lhe perguntei se já tinha feito algo além do famigerado *um jantar, uma noite e nada mais*, ele simplesmente respondera "uma vez", e mudara rapidamente de assunto.

Fiquei repetindo essa conversa em minha mente a noite toda, tentando me convencer a aceitar que ele era um mentiroso e que eu tinha de seguir em frente.

– Senhoras e senhores da La Monte Art Gallery... – meu instrutor de balé falou de repente em um microfone, cortando meus pensamentos – Atenção, por favor.

Balancei a cabeça e olhei para a plateia lotada. Essa noite era para ser um dos pontos altos da minha carreira como bailarina. Era uma apresentação dos estudantes de dança da cidade, na qual todos os principais atores das produções da primavera deveriam apresentar um solo de dois minutos em homenagem à sua escola e em comemoração ao que estava por vir meses depois.

– A próxima a se apresentar é a senhorita Aubrey Everhart – havia orgulho naquela voz – Ela está fazendo o papel de Odette/Odile na produção de *O lago dos cisnes*, da Duke, e quando lhes digo que se trata de uma das dançarinas mais talentosas que já vi... – ele fez uma pausa, enquanto o murmúrio da multidão se dissolveu em silêncio – ... preciso que acreditem.

Um dos fotógrafos na primeira fila tirou uma foto de mim, cegando-me temporariamente com o *flash*.

– Como a maioria dos senhores sabe – ele continuou –, já trabalhei com os melhores dos melhores; passei vários anos na Rússia estudando com os grandes nomes e, depois de uma longa e ilustre carreira na Companhia de Balé de Nova York, aposentei-me para ensinar àqueles com potencial inexplorado.

Houve um forte aplauso. Todos na sala sabiam quem era Paul Petrova e, embora a maioria dos profissionais da área não entendesse exatamente o motivo de ele querer ensinar em Durham, ninguém jamais se atrevera a questionar sua decisão.

– Espero que venham e vejam a primeira produção do programa de balé da Duke, na primavera – ele disse, caminhando lentamente para o outro lado do palco – Mas, por enquanto, a senhorita Everhart irá realizar um curto dueto da *Serenade*, de Balanchine, com seu parceiro Eric Lofton!

O público aplaudiu novamente e as luzes diminuíram. Um foco suave brilhava sobre Eric e eu, e os violinistas começaram a tocar.

Notas curtas e suaves preencheram a sala. Fiquei nas pontas dos pés, tentando dançar tão delicadamente quanto a música exigia. No entanto, a cada passo, tudo o que eu podia pensar era em Andrew me beijando, me fodendo e, finalmente, mentindo para mim.

– *Nunca menti para você. Por algum motivo estranho, confio em você...*

Empurrei Eric, quando ele estendeu as mãos, e girei pelo palco, fazendo-o me seguir. Ele segurou meu rosto em suas mãos, como se estivesse me implorando para ficar, mas rodopiei para longe outra vez, lançando-me em uma série de piruetas ininterruptas.

Eu estava com raiva, ferida, e não controlei esses sentimentos enquanto mostrava quão bem era capaz de dançar *en pointe*.

No segundo em que os violinistas atingiram a última nota, o público soltou um suspiro coletivo e ofereceu o aplauso mais estrondoso de toda a noite.

– Uau... – Eric sussurrou, enquanto agradecia ao meu lado – Não acho que, depois disso, alguém falará alguma merda por você ter conseguido o papel de cisne...

– As pessoas estão falando merda por aí? – Levantei a sobrancelha, embora já soubesse a resposta. Afinal, uma principiante conseguir o papel principal era, de fato, inédito.

– Bravo, senhorita Everhart. – O senhor Petrova aproximou-se de mim. – Tenho certeza de que surpreenderá a todos na primavera!

Outra rodada de aplausos começou, quando o senhor Petrova aproveitou para afastar o microfone da boca e perguntar:

– Onde estão seus pais? Gostaria que subissem aqui para uma foto.

– Estão viajando – menti. Eu nem tinha perdido tempo tentando convidá-los para aquela noite.

– Bem, é uma pena – ele disse. – Tenho certeza de que estão muito orgulhosos de você. Pode deixar o palco agora, querida.

– Obrigada.

Fui para o banheiro e vesti um vestido de seda branco curto e uma tiara de plumas cinza. Quando me olhei no espelho, sorri. Não havia como alguém dizer que, por dentro, eu estava emocionalmente arruinada.

Peguei o telefone e vi uma nova mensagem de voz da GB&H. Como sabia que era sobre eu faltar no estágio pelo quarto dia consecutivo, deletei-a. Então, algo me veio à mente e, pela enésima vez naquela semana, digitei no Google "Andrew Hamilton" esperando que alguma coisa nova pudesse aparecer.

Novamente, nada.

Com exceção de sua foto perfeita no site da GB&H e daquela biografia extremamente vaga, não havia nenhuma informação sobre ele em lugar nenhum.

Tentei "Andrew Hamilton; Nova York; advogado", mas os resultados foram igualmente deprimentes. Era como se ele não existisse antes de entrar para a GB&H.

– Excelente apresentação, Aubrey... – Jennifer, uma das principais veteranas da Duke, de repente, entrou no banheiro. – É realmente uma honra ver alguém tão jovem e imaturo colhendo louros desnecessários.

Revirei os olhos e fechei a bolsa.

– Diga-me uma coisa – continuou –, você acha mesmo que vai durar até a apresentação da primavera?

– Você acha mesmo que vou ficar aqui e dar trela para essa conversinha fiada?

– Deveria – disse, sorrindo – Porque, cá entre nós, quatro anos atrás, antes da sua turma, havia uma certa dançarina que foi escolhida para o papel principal em *A bela adormecida*, uma aluninha de graduação dupla também, como você. Ela era muito talentosa, um talento natural, de fato, mas não aguentou a pressão, porque não poderia dedicar tantas horas ao ofício como aqueles que fazem exclusivamente isso.

– Essa historinha tem uma moral ou coisa assim?

– Tomei o lugar dela, querida, e eu era apenas uma caloura. – Ela sorriu. – Agora, sou veterana, e um certo alguém está com o papel que me pertence. Então, exatamente como lá atrás, vou fazer tudo o que estiver ao meu alcance para tomar de volta o que é meu por direito.

Balancei a cabeça e passei por ela, ignorando o "cadela estúpida" que a ouvi sussurrar. Eu deveria voltar ao salão para assistir às outras apresentações, mas precisava de uma pausa.

Atravessei as portas de correr e entrei no bistrô da galeria. Estava bastante calmo ali, e as pessoas sentadas nas mesas pareciam preocupadas com suas conversas e não concentradas no balé.

– Senhorita? – Um garçom usando *smoking* deu um passo em minha frente com uma bandeja. – Aceitaria uma taça de champanhe de cortesia?

– Duas, por favor.

Ele ergueu a sobrancelha, mas entregou-me duas taças de qualquer maneira.

Sem nenhuma graça, engoli a primeira e, em seguida, a segunda, lambendo as bordas para me certificar de que não perdera nenhuma gota.

– Onde fica o bar? – perguntei.

– O bar? Não creio que os convidados da galeria de arte estejam autorizados a...

– Ah, por favor, não me faça perguntar de novo.

Ele apontou para o outro lado da sala, onde alguns fumantes estavam sentados, e eu caminhei naquela direção.

– O que vai querer hoje, senhorita? – o barman disse, sorrindo, quando me aproximei – Gostaria de experimentar uma das especialidades da casa?

– Alguma dessas especialidades pode me ajudar a esquecer que dormi com um homem casado?

O sorriso no rosto do homem desapareceu e ele colocou três copos de doses, enchendo-os com o que eu só podia esperar que fosse a bebida mais forte da casa.

Deslizei o cartão de crédito no balcão e engoli a primeira dose em segundos, fechando os olhos quando a sensação de queimação desceu pela minha garganta. Segurei a próxima dose contra os lábios e, de repente, ouvi uma risada familiar.

Era uma risada baixa e rouca que eu ouvira um milhão de vezes antes.

Virei-me e vi Andrew sentado em uma mesa com uma mulher que não era a sua esposa. Eu não queria admitir, mas ela era bonita. Muito, muito bonita: cabelos castanhos com luzes loiras, olhos verdes profundos e seios empinados, perfeitos demais para serem naturais.

Ela esfregava o ombro dele e ria a cada dez segundos.

Andrew parecia não se intimidar com aquele afeto, e quando sinalizou pedindo a conta, pude apenas presumir como a noite terminaria.

Tentei me virar, agir como se vê-lo com outra não estivesse me afetando, mas não consegui.

A mulher que o acompanhava estava agora inclinada sobre a mesa, propositadamente deixando mais à mostra o decote, sussurrando palavras difíceis de ler. Quando ela passou a língua pelos lábios e roçou o queixo dele com as pontas dos dedos, percebi que não aguentaria mais.

Assunto: SÉRIO!?
Você realmente está tendo um encontro nesse exato momento com alguém que não é sua esposa?! Já é ruim o suficiente que você seja um mulherengo traidor e mentiroso, mas será que está tão viciado assim em sexo?
Aubrey

A resposta veio em poucos segundos.

Assunto: Re: SÉRIO!?
Realmente, estou tendo um encontro nesse exato momento com alguém que não vai deixar queimaduras de terceiro grau no meu pau. E não, eu não sou viciado

em sexo, sou um viciado em boceta. Tem
uma diferença aí.
Andrew

Assunto: Re: Re: SÉRIO!?
Você é um babaca repugnante e desprezível
e eu, sinceramente, lamento ter dormido
com você.
Aubrey

Sem resposta.

Vi quando ele olhou para o telefone e levantou a sobrancelha. Então, virou-se na cadeira e, lentamente, fez uma varredura na sala até me encontrar.

Seus olhos se arregalaram no segundo em que encontraram os meus e seus lábios lentamente se abriram. Seu olhar viajou meu corpo todo e pude senti-lo me despindo.

De repente, não havia mais ninguém ali, apenas nós dois, e eu tinha certeza de que ele me desejava ali, naquele momento. Senti meu corpo respondendo aos seus olhares, senti meus mamilos enrijecendo quando ele deslizou a língua nos lábios.

Engoli em seco enquanto o encarava, percebendo que havia imaginado seu cabelo completamente diferente nos sonhos que tivera durante a semana. Eu tinha me fodido com os dedos por horas a fio na noite passada, usando o rosto dele e as lembranças da voz dele como inspiração, e vê-lo em pessoa, de repente, fez-me querer sentir aquele pau enorme dentro de mim outra vez.

Inclinei-me para a frente, desejando ir até ele, mas minha visão periférica começou a clarear e percebi que não estávamos sozinhos ali.

Longe disso.

A mão absolutamente benfeita de sua acompanhante encontrou o queixo dele e virou a sua cabeça.

Fiz o mesmo e pedi mais duas bebidas, que engoli de uma vez. Quando olhei por cima do ombro, vi que Andrew olhava em minha direção com inegável desejo.

Forcei um sorriso e abri a boca bem devagar, murmurando um "Foda-se" antes de sair. Peguei um punhado de balas da bandeja de um garçom que passava e corri de volta para a galeria.

Eu estava no meio do caminho quando senti meu celular vibrar. Um e-mail.

```
Assunto: Encontre-me no banheiro.
AGORA.
Andrew
```

Desliguei o telefone e continuei caminhando em direção à porta da galeria, quase correndo. Cheguei ao *lobby*, mas alguém agarrou meu braço e me puxou.

Andrew.

Tentei empurrá-lo para longe, mas ele me apertou e olhou para mim com aquele olhar de "não brinque comigo", de quem estava cagando para as pessoas que sussurravam à nossa volta.

Ele me puxou para um banheiro e trancou a porta, estreitando os olhos para mim. – Você me acha repugnante?

– Extremamente. – Dei um passo para trás. – Perdi o pouco de respeito que ainda tinha por você, e se sequer tentar colocar suas mãos sujas em mim, vou gritar.

– Não duvido disso – a sombra de um sorriso roçou seus lábios deliciosos, mas logo se esvaiu – Você não dá as caras no trabalho há quatro dias. Acha que só porque trepei com você não vou demiti-la?

– Eu não dou a mínima se vai me demitir ou não! Já pensou no motivo de eu não ter aparecido para trabalhar?

– Incompetência?

– Você é casado, porra! *Casado!* Como pôde... – Balancei a cabeça, enquanto ele se aproximava. – Como pôde deixar de mencionar esse detalhe?

– Não deixei – ele disse – E, para constar... tecnicamente, não sou casado, Aubrey.

– Tecnicamente, não sou estúpida, Andrew.

– Você está tornando essa conversa muito difícil. – Os lábios dele estavam quase roçando os meus.

– Isso porque o que está falando não faz porra de sentido nenhum. – Soltei-me de suas mãos grandes e fui em direção à porta, mas ele me agarrou pelos ombros e me empurrou contra a parede.

– É um divórcio litigioso – sibilou – Se você fosse uma advogada de verdade, tenho certeza de que eu não teria de explicar que porra isso significa, mas como não é...

– Isso significa que você ainda é legalmente casado. Significa que, se você morrer antes de os papéis ficarem prontos, sua esposa, que é o que ela é, ainda terá direito a tudo o que você tem. Significa que você é um MENTIROSO! Um mentiroso do caralho, aparentemente isento das próprias regras estúpidas e inúteis!

– Entrei com o pedido – ele rangeu os dentes – Ela se recusou a assinar e há um monte de merda complicada que não estou com vontade de discutir agora. Mas nós estamos separados e não temos contato há mais de seis anos. Seis. Anos.

Dei de ombros, tentando fazer minha melhor expressão de indiferença e ignorar o fato de meu coração estar pulando enquanto ele enxugava minhas lágrimas com o polegar.

– Eu nunca menti para você, Aubrey – ele disse, severamente – Você já me perguntou se eu menti para você e a resposta ainda é não. Não falo sobre minha vida antes de Durham com ninguém, mas, sim, certa vez eu tive uma esposa e ela apareceu no meu escritório por conta própria. Não a chamei, nunca vou chamá-la e não tenho falado com

ela **nunca** será minha ◆ 25

ela desde que deixei Nova York. Nosso caso é muito complicado e prefiro não pensar nisso.

– Não me importo – eu disse – Você ainda está errado, ainda omitiu a existência dela por seis meses. *Seis. Meses!*

– Em que ponto eu deveria trazer essa merda toda à tona? – O rosto dele ficou vermelho. – No meio da nossa foda por telefone? Quando eu implorava para sua bunda mentirosa me conhecer pessoalmente? Quando, inadvertidamente, eu ajudava você com a porra da sua lição de casa?

– Que tal antes de me foder? – Eu odiava o fato de que ficar perto dele liberasse certas emoções de dentro de mim. Não conseguia fingir indiferença, mesmo que tentasse. – Que tal?

Ele apertou a mandíbula, mas não disse nada.

– Foi o que pensei – eu disse, sabendo que havia ganho ali – Agora, tenho certeza de que você e sua adorável acompanhante de seios fartos têm um quarto reservado do outro lado da rua, portanto, se não se importa...

– Não há nada entre mim e minha futura ex-mulher – ele disse, áspero – Nada. E tenho sim um quarto reservado do outro lado da rua. Nas últimas quatro noites, reservei-o para quatro mulheres diferentes, mas não consegui foder com nenhuma delas porque não consigo parar de pensar na porra da burra e incompetente da minha estagiária e em como eu só quero foder com ela.

Silêncio.

– Você... – Balancei a cabeça. – Você realmente acha que dizer esse tipo de merda é excitante?

– Sim... – Ele arrastou os dedos por baixo de meu vestido, esfregando levemente o polegar em minha calcinha molhada. – E, pelo jeito, você também...

– O fato de estar molhada apenas significa que não consigo controlar como meu corpo reage ao seu, mas não significa que queira fazer sexo com você. Odeio você.

– Tenho certeza de que isso não é verdade. – Ele deslizou a mão em minha cintura e me puxou para mais perto, fazendo minha respiração enfraquecer.

– Tire suas mãos sujas de mim...

– Diga isso de forma mais convincente e eu tiro. – Ele esperou por meu pedido, erguendo a sobrancelha, mas eu não conseguia me forçar a dizer essas palavras.

Ficamos olhando um para o outro durante um tempo, deixando aquela tensão quase palpável se erguer entre nós antes de eu, finalmente, quebrar o silêncio.

– Acho que você deveria voltar para o seu encontro... – minha voz era agora apenas um sussurro – Você já disse tudo o que tinha para dizer... O que mais poderia querer de mim?

– Nesse momento? – Ele deslizou o dedo em minha clavícula.

– Em geral... – Virei o rosto antes que ele pudesse me beijar. – Nunca mais vou dormir com você de novo. Vou pedir demissão até o final da semana, e acho que poderemos acabar com a nossa "suposta" amizade definitivamente.

– É isso o que você quer? – ele sussurrou.

– Sim, é isso o que quero – eu disse, ignorando a sensação daquela mão grande e forte apertando a minha bunda – Quero ser amiga de alguém que esteja interessado em outras coisas além da minha boceta.

– Tenho interesse em sua boca também.

Eu não tinha resposta para aquilo, e ele deve ter percebido isso, porque apertou ainda mais forte minha cintura.

– Sei como é difícil para você dizer a verdade – ele disse suavemente –; então, preciso que seja completamente honesta quando eu lhe fizer as próximas perguntas. Você pode fazer isso?

Concordei com a cabeça, sem fôlego, e ele aproveitou para se aproximar ainda mais dos meus lábios.

– Você não gosta de foder comigo?

– Não se trata disso.

– Isso não é uma resposta. Vamos, diga.

Ignorei a batida forte em meu peito.

– Gosto...

– Você vai realmente pedir demissão? – ele disse, beijando-me.

– Não... eu apenas... – Respirei fundo, enquanto a mão dele segurava meu seio direito, apertando-o. Forte.

– Você apenas o quê?

– Eu... eu quero ser transferida. E não quero vê-lo mais do que o necessário...

Ele olhou dentro dos meus olhos por um longo tempo, sem dizer uma palavra, e finalmente me soltou.

– É isso mesmo o que você quer?

– Como sou a única entre nós que realmente quer alguma coisa, sim. Sim, é isso o que eu realmente quero. É isso o que realmente sinto por você.

Ele piscou. E então, num ímpeto, puxou-me de volta para os seus braços e esmagou os lábios contra os meus.

– Por que você é uma puta de uma mentirosa, Aubrey? – ele sibilou, empurrando-me contra a pia; então, mordeu meu lábio inferior e arrancou a tiara de meus cabelos.

Ainda com os lábios contra os meus, ergueu meu vestido até a cintura e rasgou minha calcinha com um puxão.

– Andrew... – tentei recuperar o fôlego, enquanto ele me pegava e me colocava sobre a pia – Andrew, espere...

– Esperar o quê? – Ele pegou a minha mão e colocou-a em seu cinto, ordenando que eu o abrisse.

Não respondi, apenas deslizei os dedos por baixo do metal e o abri, enquanto Andrew pressionava a boca em meu pescoço.

Arrastando a língua em minha pele, ele sussurrou:

– Você não sentiu falta de ser fodida por mim?

– Foram apenas duas vezes – respondi, enquanto suas mãos acariciavam minhas coxas – Não foi o suficiente para sentir falta de alguma coisa...

Ele me mordeu bruscamente e se afastou, encarando-me.

Minha respiração ficou presa na garganta quando ele deslizou dois dedos dentro da minha boceta e os moveu provocativamente para dentro e para fora.

– Parece que você sentiu falta de foder comigo... – disse, empurrando os dedos o mais fundo possível, fazendo-me gemer baixinho.

Arqueei as costas, enquanto ele acariciava meu clitóris com o polegar.

De repente, ele tirou os dedos de dentro de mim e os levou até a boca, lambendo-os lentamente.

– *Tem gosto* de que você sentiu falta de foder comigo. – Ele apertou outro dedo contra meu clitóris úmido e latejante e, em seguida, levou-o até meu rosto, colocando-o contra meus lábios. – Abra a boca.

Lentamente, deixei meus lábios entreabertos e ele estreitou os olhos enquanto deslizava o dedo em minha língua. Senti seu pau se esfregar em minha coxa, senti Andrew usando a outra mão para envolver minha perna em sua cintura.

– Diga que não quer foder comigo – ele disse – Diga que não quer que eu enterre meu pau dentro de você agora.

Ele agarrou meu rosto e apertou os lábios contra os meus, mordiscando meu lábio inferior.

Eu estava deslizando para fora da borda da bancada, prestes a cair, quando ele me pressionou de volta contra o espelho.

Mantive os olhos fixos nos dele enquanto ele abria um preservativo, enquanto o colocava e olhava para mim com a mesma expressão de raiva que vinha mostrando a noite toda.

Ele me agarrou pelos tornozelos e me puxou para a frente, deslizando seu pau para dentro de mim, enquanto minhas pernas o envolviam pela cintura.

Minhas mãos agarraram-se em seu pescoço quando ele enfiou em mim de novo e de novo.

– *Eu* senti falta de foder você – ele murmurou, enfiando os dedos nos meus cabelos e puxando minha cabeça para trás – Mas você não pensou em mim, não é?

– Ahhh! – gritei quando ele acelerou as estocadas, e apertei as pernas em volta dele com mais força, esforçando-me para não ceder.

Fechei os olhos e o ouvi dizer meu nome, ofegante:

– Porra, Aubrey... Porra... Coloque as mãos sobre a bancada... – ele ordenou, mas ignorei e segurei mais forte em seu pescoço.

– Aubrey... – Ele mordeu meu ombro novamente, ainda me fodendo, seu pau mais duro do que nunca. – Coloque a porra das mãos sobre a bancada. Agora.

Lentamente, soltei minhas mãos de seu pescoço e baixei-as ao meu lado, segurando na bancada fria. A próxima

ela **nunca** será minha ◆ 31

coisa que senti foi sua língua rodopiando em volta de meus mamilos, chupando meus seios selvagemente.

Segurei mais forte na bancada quando seus beijos se tornaram mais vorazes, mais possessivos. E quando ele me fodeu mais e mais forte, senti-me à beira de perder o controle.

– Andrew... – gemi – Andrew...

Finalmente, ele tirou a boca do meu mamilo e deslizou as mãos por baixo de minhas coxas, segurando-me forte, prendendo minhas costas contra a parede.

– Eu sei que você adora meu jeito de foder com você, Aubrey... – Ele olhou nos meus olhos, forçando seu pau ainda mais fundo em minha boceta. – E sei que se tocou todas as noites dessa semana, desejando que fosse meu pau e não seus dedos dentro da sua boceta.

Meu clitóris pulsava com cada palavra e eu estava mais molhada do que eu jamais estivera em toda a minha vida.

– Diga-me que é verdade... – Ele apertou os lábios contra os meus e enfiou a língua em minha boca, abafando meus gemidos com um beijo implacável e raivoso. – Diga alguma coisa que seja verdade, porra...

Tremores viajaram para cima e para baixo da minha espinha e eu estava a segundos de gozar, mas ele não deixaria minha boca.

Ele ainda estava me beijando, me encarando, me pedindo para dizer a verdade.

Balancei a cabeça, esperando que ele pudesse ler meus olhos e ver que eu precisava que me soltasse, que eu precisava respirar.

Ele deu uma última estocada, acertando o fundo da minha boceta e, então, consegui afastar minha boca da sua.

– Simmmm! – Minha cabeça caiu em seu ombro e eu estava ofegante.

– Aubrey... – Ele agarrou minha cintura até parar de tremer.

Quando nos recuperamos do gozo, havia alguns golpes aleatórios na porta, alguns "Tem alguém aí?", mas permanecemos em silêncio, ofegantes.

Minutos mais tarde, quando sua respiração parecia estar sob controle, ele saiu de mim, sempre olhando dentro dos meus olhos. Então, jogou fora o preservativo e puxou a calça.

Vi quando se ajeitou no espelho, alisando a roupa tão bem que ninguém perceberia que tinha acabado de me foder.

Deslizei para fora da pia e olhei meu próprio rosto: bochechas coradas, cabelos desgrenhados, rímel escorrendo. Puxei as alças do sutiã e, antes que eu pudesse puxar as alças do vestido, Andrew afastou a minha mão e fez isso para mim.

Nossos olhos se encontraram no espelho enquanto ele alisava meus cabelos. Então, ele se virou e pegou minha tiara. Segurou-a delicadamente sobre minha cabeça e colocou-a no lugar antes de se afastar.

ela **nunca** será minha ◆ 33

– Sabia que é extremamente rude ficar em silêncio depois do sexo? – murmurei.

– O quê? – Ele já estava com a mão na maçaneta.

– Nada.

– O que você disse? – ele insistiu, inclinando a cabeça para o lado – Eu não leio mentes.

– Eu disse que é rude simplesmente sair depois de me foder. Você poderia pelo menos dizer alguma coisa, qualquer coisa.

– Não discuto a relação.

– Não se trata de discutir a relação – zombei – Trata-se de cavalheirismo.

– Eu nunca disse que era um cavalheiro.

Suspirei e me virei. Esperei ouvir a porta se fechar, mas as mãos dele, de repente, estavam em minha cintura e ele estava me girando para encará-lo.

– O que devo dizer depois de foder você, Aubrey?

– Você poderia perguntar se foi bom para mim...

– Não acredito em perguntas inúteis. – Ele olhou para o relógio. – Quanto tempo precisa ficar aqui?

– Mais uma hora, mais ou menos.

– Hmmm – ele se calou – E quantas doses tomou enquanto espionava meu encontro?

– Eu não estava espionando nem você nem seu encontro. Estou evitando você a semana toda, ou ainda não percebeu?

– Quantas?

– Cinco.

– Tudo bem. – Ele colocou uma mecha de cabelo atrás da minha orelha. – Vou levá-la para casa quando estiver pronta e pedir para alguém levar seu carro amanhã.

Ele deu um beijo em minha testa antes de se dirigir para a porta.

– É só me ligar.

– Espere – eu disse quando ele abriu a porta – E seu encontro?

– O que tem?

Uma hora depois, entrei no carro de Andrew, um elegante Jaguar preto. Ele manteve a porta aberta até que eu estivesse confortável e esperou eu colocar o cinto de segurança antes de fechá-la.

Sobre o painel, havia uma pasta vermelha com um selo do Estado de Nova York. Peguei-a, mas Andrew imediatamente a tirou de minhas mãos e a trancou no porta-luvas.

Ele parecia ofendido com meu ato, mas rapidamente se virou e acelerou o carro.

– Posso lhe fazer uma pergunta, Andrew?

– Depende da pergunta.

– Pesquisei seu nome no Google essa semana e não apareceu nada.

– Isso não é uma pergunta.

– Por que não apareceu nada? – soltei, olhando-o.

– Porque eu tenho trinta e dois anos e não fico perdendo tempo no Facebook e no Twitter.

Suspirei.

– E você realmente não falou com ela nesses seis anos?

– Como é que é? – Ele olhou para mim quando nos aproximamos de um sinal vermelho. – Pensei que tivéssemos resolvido isso no banheiro.

– E resolvemos, mas... – limpei a garganta – Você entrou com o pedido de divórcio e não seguiu em frente?

– É preciso duas pessoas para realizar um divórcio, Aubrey. Certamente, você sabe disso.

– Sim, mas... – Ignorei o fato de ele estar apertando a mandíbula. – Não seria mais fácil para alguém como você fazer isso? Seis anos é muito tempo para ficar casado com alguém que você diz que não ama mais, então...

– Você ficaria surpresa com a facilidade que algumas pessoas têm para inventar uma porra de uma mentira para conseguir o que querem – ele disse com a voz fria – Meu passado não está em questão.

– Nunca?

– *Nunca.* Não tem nada a ver com você.

Reclinei-me no banco e cruzei os braços.

– Algum dia você vai me dizer porque deixou Nova York e se mudou para Durham?

– Não.

– Por que não?

– Porque não preciso. – Ele dirigiu para meu prédio. – Porque, como eu lhe disse há uma hora, essa parte da minha vida nunca aconteceu.

– Não vou contar a ninguém. Eu só...

– Pare. – Ele me encarou quando parou o carro, e pude ver um mundo de dor inundando seus olhos. Estava tão vulnerável como eu jamais tinha visto. – Perdi algo muito especial em Nova York há seis anos – havia angústia em sua voz – Algo que jamais terei de volta, algo que venho tentado esquecer há seis anos. E, se você não se importar, gostaria que continuasse assim por mais tempo.

Abri a boca para pedir desculpas, mas ele continuou:

– Não tenho certeza se deixei claro nos últimos seis meses ou não, mas não sou o tipo que se senta e fala sobre sentimentos. Não estou interessado em conversas profundas, e só porque fodi com você mais de uma vez e não consigo tirar essa sua boca gostosa da minha mente, isso não lhe dá direito a saber de coisas que eu não disse a ninguém.

Imediatamente, soltei o cinto de segurança e abri a porta, mas ele agarrou meu pulso antes que eu pudesse sair.

– Eu realmente quis dizer o que disse meses atrás, Aubrey... – Ele segurou meu queixo e inclinou a cabeça em minha direção. – Você é minha única amiga nesta porra de cidade, mas precisa entender que não estou acostumado a ter amigos. Não estou acostumado a falar sobre essa merda pessoal e não vou mudar agora.

Silêncio.

– Se você não pretende se abrir comigo, por que eu deveria continuar sendo sua amiga?

Ele não disse nada por alguns segundos, e então sorriu.

– Sente-se no meu colo e deixe que eu lhe mostre.

– Isso é algum tipo de piada?

– Eu estou rindo?

– Acha mesmo que pode simplesmente exigir que eu faça sexo com você sempre que quiser? – eu disse, levantando a sobrancelha – Principalmente depois de acabar de dizer que nunca vai se abrir sobre sua vida pessoal?

– Sim. – Ele soltou o cinto de segurança. – Sente-se no meu colo.

– Sabe... – Olhei para baixo e percebi o pênis dele lentamente endurecer dentro da calça. – Fiz algumas concessões nas últimas vezes que fizemos sexo, mas, devo dizer... – Mordi os lábios quando saí do carro. – Realmente, não curto muito essa merda de homem das cavernas possessivo.

Ele estreitou os olhos para mim quando peguei a bolsa e me afastei.

– Acho que precisamos dar um descanso para o seu pau, não acha? – Cruzei os braços. – Você tem uma audiência muito importante na semana que vem. Não precisa poupar energia para que possa estar bem preparado?

– Volte para o carro, Aubrey... – a voz dele estava tensa.

– Você está implorando?

– Estou mandando.

– Você ouviu o que acabei de dizer?

Ele não respondeu. Tentou alcançar minha mão, mas fechei a porta antes.

– Até amanhã, senhor Hamilton – eu disse, sorrindo, já me afastando.

Responsabilidade (s.f.):

RESPONSABILIDADES LEGAIS PELOS
ATOS OU OMISSÕES DE ALGUÉM.

Andrew

Uma semana depois...

Havia apenas uma coisa em Durham que não se comparava a Nova York: o tribunal. Os advogados de Nova York realmente levavam o trabalho a sério, debruçando-se sobre suas pesquisas durante noites a fio, polindo suas defesas até a perfeição e apresentando seus casos com orgulho.

Em Durham, os "advogados" não faziam merda nenhuma e, em momentos como esse, ouvindo aquela promotora jovem e inexperiente envergonhar a si mesma, quase senti saudade daqueles dias de glória.

Mas, de qualquer forma, eu não estava prestando muita atenção ao processo hoje. Estava muito ocupado pensando em Aubrey e em quantas vezes tínhamos fodido em meu escritório pela manhã.

Cumprimentamo-nos com os habituais "Bom dia, senhor Hamilton", "Olá, senhorita Everhart" e trocamos olhares, enquanto ela colocava meu café na mesa. Ela até abriu aquela porra de boca sedutora para dizer alguma coisa, mas, assim que percebi, minhas mãos estavam em seus cabelos e eu estava colocando aquela bunda gostosa sobre minha mesa.

Estava estocando-a impiedosamente por trás, enquanto massageava seu clitóris, e quando ela caiu no tapete, abri suas pernas e devorei sua boceta.

Eu era completamente insaciável quando se tratava de Aubrey, e ficar perto dela por mais de cinco segundos era o suficiente para me deixar completamente louco de tesão.

Não sei nem o porquê de continuar contando quantas vezes havíamos trepado...

– Como podem ver... – a voz da promotora, de repente, cortou meus pensamentos – Senhoras e senhores do júri, todas as provas que apresentei mostrarão que...

– Objeção! – Eu já tinha ouvido o bastante. – Meritíssima, até onde eu saiba, essa é uma audiência probatória, não um julgamento. Por que a senhorita Kline está autorizada a se dirigir a um júri inexistente?

A juíza tirou os óculos e balançou a cabeça.

– Senhorita Kline, embora hesitante, devo concordar com o senhor Hamilton. A senhorita terminou a apresentação das provas, tirando a exposição final para o júri?

ela **nunca** será minha ◆ 43

– Terminei, Meritíssima – ela disse, estufando o peito como se tivesse acabado de apresentar o caso do século.

– Senhor Hamilton... – a juíza disse, olhando em minha direção – Poderia me surpreender hoje e refutar todas as provas apresentadas?

– Não, Meritíssima. – Aquela audiência era uma perda de tempo e ela sabia disso tanto quanto eu.

– Entendo. – Ela recolocou os óculos. – Que fique registrado que, embora a promotoria tenha apresentado uma série de provas bastante convincentes, este tribunal decide que isso não é o suficiente para justificar um julgamento. – Ela bateu o martelo e se levantou.

A senhorita Kline aproximou-se de mim e estendeu a mão.

– Bem, vou entrar com um recurso, obter mais provas, e nos veremos novamente aqui em breve, certo?

– Isso é uma pergunta ou uma afirmação?

– Seu cliente cometeu fraude, senhor Hamilton. – Ela cruzou os braços. – Alguém tem de pagar por isso.

– Ninguém jamais pagará se a senhorita ficar em cima disso como um urubu, não é mesmo? – Coloquei os arquivos em minha pasta. – Estarei à espera de sua próxima jogada. E sim, a senhorita deve arranjar outras provas, já que a juíza determinou claramente que as que a senhorita tem não são suficientes.

– Então, isso significa que eu devo recorrer? O senhor acha que eu poderia ganhar esse caso?

– Acho que a senhorita deveria voltar para a faculdade de Direito e prestar atenção na porra da aula – zombei – Ou faça isso, ou faça um favor para o seu cliente e encontre um advogado melhor para ele.

– O senhor quer dizer alguém como o senhor?

– Não existe ninguém como eu. – Deslizei os óculos escuros no rosto. – Mas qualquer um seria melhor do que a senhorita.

– O senhor é sempre tão rude com seus adversários, senhor Hamilton? – Ela abriu um sorriso. – Quer dizer, ouvi algumas histórias, mas o senhor realmente é...

– Realmente sou o quê?

– Intrigante. – Ela se aproximou. – Realmente, intrigante.

Pisquei e olhei para ela. Se a conhecesse no Date-Match, talvez desse-lhe a chance de uma noite de foda, mas eu nunca misturava negócios com prazer.

Pelo menos, não costumava misturar.

– Não sei se você está saindo com alguém – ela disse, baixando sua voz –, mas acho que temos muito em comum e...

– O que exatamente temos em comum, senhorita Kline?

– Bem... – Ela se aproximou ainda mais e esfregou a mão em meu ombro. – Ambos estávamos olhando um para o outro durante a audiência, ambos temos carreiras bem-

-sucedidas e ambos temos paixão pelo Direito... uma paixão que poderia ser transferida para *outras coisas*. – Ela lambeu os lábios. – Não acha?

Dei um passo para trás.

– Senhorita Kline, eu a estava olhando durante a audiência porque tentava compreender como alguém poderia fazer uma apresentação tão despreparada, antiprofissional e irritante. Ambos temos carreiras bem-sucedidas, mas se a senhorita continuar apresentando casos como o de hoje, em seis meses a estarei entrevistando para uma vaga de secretária em minha firma. – Ignorei que ela ofegava. – E se sua paixão pelo Direito for minimamente parecida com a maneira como a senhorita fode, então não temos absolutamente nada em comum.

– Você... – ela balbuciou, balançando a cabeça e dando um passo para trás, com o rosto visivelmente ruborizado – realmente acabou de me dizer isso?

– Você realmente acabou de me propor que façamos sexo?

– Eu estava apenas sondando... vendo se estava interessado em sair.

– Não estou – eu disse, percebendo que não estava nem um pouquinho excitado – Posso deixar o tribunal agora ou a senhorita gostaria de me sondar para outra coisa?

– Você é um idiota! – Ela se virou e pegou a maleta do chão. – Sabe de uma coisa, para o bem de seus clientes, espero que você seja bem mais gentil com eles – disse, deixando a sala.

Eu queria lhe dizer que, na verdade, não era mais gentil com meus clientes. Que não aturava merda de ninguém, e como não tinha perdido nenhum caso desde que me mudara para Durham, não precisava aturar.

Olhei para o relógio e decidi esperar alguns minutos antes de sair. Não queria esbarrar com ela no estacionamento e, como os funcionários do tribunal estavam saindo para o almoço, decidi que esperaria um pouco.

Enfiei a mão no bolso e sorri ao sentir um tecido rendado roçando minha mão esquerda. Puxei-o e sorri ao olhar para a calcinha fio-dental preta que Aubrey usava naquela manhã.

Peguei meu celular na pasta, para enviar-lhe uma mensagem, mas ela já me enviara um e-mail antes.

Assunto: Fetiche por calcinha molhada.
Não sei se você já percebeu que deixei minha calcinha no seu bolso, mas quero que saiba que fiz isso para o seu próprio bem, e que seu segredo está seguro comigo.

Desde que você me fodeu no banheiro da galeria de arte, notei que tem a tendência de encarar minha calcinha antes de arrancá-la.

Sempre corre os dedos nela, usa os dentes para arrancá-la, e depois fica encarando mais um pouco. Não tenho nenhum problema em continuar satisfazendo seu fetiche.

Tenho certeza de que a coloca sobre o
rosto à noite. Se precisar de mais,
fique à vontade para me avisar.

Aubrey

Assunto: Re: Fetiche por calcinha
molhada.

Percebi que você colocou sua calcinha
no meu bolso hoje de manhã e que tem
feito isso a semana toda.

Ao contrário de suas suposições bobas e
sem fundamento, não tenho fetiche por
calcinha e não durmo com elas sobre o
rosto.

No entanto, de fato, tenho um novo
fetiche pela sua boceta, e se você
estiver interessada em me deixar dormir
com ELA em meu rosto durante a noite
toda, fique à vontade para me avisar.

Andrew

Esperei por uma resposta e observei a tela do telefone por vários minutos, mas então percebi que era quarta-feira e que ela não veria meu e-mail até mais tarde.

Saí do tribunal e entrei em meu carro. Eu não estava com vontade de voltar para a firma, meus casos daquele dia estavam terminados e era muito cedo para ir para casa.

Acelerando, desci a ladeira à procura de um bar decente. Quando contornava a faculdade de Direito, vi o estúdio de dança da Duke do outro lado da rua.

Não sei exatamente o que deu em mim, mas fiz uma curva à direita, entrei no estacionamento e, seguindo as placas que indicavam "Estúdio de Dança", estacionei assim que cheguei ao destino.

Sobre as portas duplas do auditório, uma placa: "Ensaios fechados: somente dançarinos". Ignorei-a, e seguindo o som fraco do piano e do violino, abri a porta para um teatro colossal.

Luzes brilhantes projetavam-se diretamente sobre o palco, onde giravam dançarinos vestidos de branco. E antes que eu pudesse retomar os sentidos e me forçar a sair dali, vi Aubrey.

Usando a mesma tiara de plumas que usava na galeria de arte, ela, sorrindo como eu jamais a vira sorrir, dançava como se não existisse mais ninguém naquela sala. Em seus olhos, um brilho que eu nunca tinha visto, desde que ela começara a estagiar na GB&H e, embora eu não entendesse nada de balé, era extremamente claro que era a melhor dançarina no palco.

– Estenda, senhorita Everhart! Estenda! – Um homem com cabelos grisalhos entrou no palco, gritando. – Mais! Mais!

Ela continuou dançando, esticando os braços mais e mais, estendendo as mãos ao máximo.

ela **nunca** será minha ◆ 49

– Não! Não! NÃO! – O homem bateu o pé. – Parem a música!

O pianista parou imediatamente e o diretor entrou na frente de Aubrey.

– Sabe quais são as características do cisne branco, senhorita Everhart? – ele questionou.

– Sim.

– Sim?! – ele soou ofendido.

– Sim, senhor Petrova. – Ela ficou parada.

– Então, por que não elucida para todos nós quais são essas características especiais...

– Luz, graça, elegância...

– Elegância! – Ele bateu o pé novamente. – O cisne branco tem movimentos suaves, gentis... Seus braços são equilibrados, graciosos. – Ele agarrou o cotovelo de Aubrey e a puxou para frente. – Seus braços estão instáveis, duros, e a senhorita está dançando como um pombo reumático!

Aubrey ruborizou, mas ele continuou falando:

– Eu quero um cisne, senhorita Everhart, e se a senhorita não está pronta para o papel, se seu coração está em outro lugar, como aquela outra graduaçãozinha que a senhorita faz, faça-me um favor e me diga, para que eu possa preparar outra pessoa para o papel.

Silêncio.

— Vamos tentar novamente! — Ele deu um passo para trás. — Em minha contagem, comece a música da segunda estrofe...

Debrucei-me contra a parede, observando Aubrey dançar sem esforço e fazer todos ali parecerem amadores. Assisti até quando pude, ou seja, até o velho diretor ver minha sombra e gritar, mandando o "maldito intruso" sair.

Mais tarde, já em casa, fui à cozinha, peguei uma garrafa de uísque e servi-me uma dose. Eram duas da manhã e eu estava longe de ter sono.

Não tinha conseguido pregar os olhos desde que chegara em casa e encontrara um bilhete de Ava em minha porta: *"Não vou embora até conversarmos. Ava"*.

Amassei o papel e atirei-o no lixo, perguntando-me quem na GB&H fora suficientemente estúpido para dar-lhe o meu endereço.

Quando engoli a dose, o telefone tocou.

— São duas da manhã — assoviei, segurando o aparelho na orelha.

— Hmmm... — houve uma pequena pausa — Posso falar com... com o senhor Hamilton, por favor?

— É ele. Você não ouviu o que eu disse?

– Sinto muito, senhor Hamilton – disse a voz no outro lado da linha, limpando a garganta – Meu nome é Glória Matter, do Conselho de Condicional de Nova York. Desculpe-me ligar assim tão tarde, mas é sobre o pedido que o senhor fez na semana passada – ela disse – A detenta sobre a qual o senhor perguntou... Ela não está mais presa. Foi solta recentemente e agora está em liberdade condicional.

– Estou ciente de que ela está em liberdade condicional. – Derramei outra dose. – No entanto, tenho quase certeza de que deixar o Estado é uma violação direta dos termos. Nova York está passando a mão na cabeça dos criminosos agora? Vocês os deixam sair por aí como bem entendem?

– Não, senhor, mas conferi com o oficial responsável por ela esta manhã. Também verifiquei o monitoramento dela no minuto em que recebemos sua ligação... Ela ainda está no Estado... Devo adverti-lo de que não somos muito tolerantes com denúncias falsas, senhor Hamilton. Se isso é algum tipo de...

– Eu sei a porra que vi. – Eu fervia. – Ela esteve aqui. – Desliguei. Não estava a fim de pensar em Ava agora.

Fui para o quarto e deitei-me, esperando que essa segunda rodada de álcool funcionasse melhor que a primeira.

Fiquei ali deitado por uma hora, observando os ponteiros do relógio se moverem, mas o sono não veio e os pensamentos sobre Aubrey começaram a encher minha mente. Eu estava pensando nas coisas que ela me dissera quando nos encontramos pela primeira vez, nas coisas que me contara sobre sua vida sexual, e tive a súbita vontade de ouvir sua voz.

Peguei o telefone e disquei.

– Alô? – Ela atendeu no primeiro toque. – Andrew?

– Por que você nunca chupou um pau?

– O quê? – ela engasgou – Que tal "Bom dia, Aubrey; você está acordada?"... Que tal fazer essas perguntas antes?

– Olá, Aubrey – Revirei os olhos. – Obviamente, você está acordada; então, vou ignorar essa pergunta desnecessária e vamos ao ponto: por que você nunca chupou um pau?

Ela ficou em silêncio.

– Preciso dirigir até o seu apartamento e obrigá-la a responder pessoalmente?

– Você realmente precisa saber disso às três da manhã?

– Desesperadamente – eu disse – Responda.

– É só uma coisa que eu nunca tive vontade de fazer. – Ouvi um barulho de papéis ao fundo. – Um dos caras com quem eu namorava me pedia de vez em quando, tipo, para retribuir, mas eu só... Eu não gostava dele o suficiente para fazer e pronto.

– Hmmm...

Silêncio.

Não tínhamos uma conversa de verdade por telefone desde a última vez em que fizemos sexo por telefone, pouco antes de eu descobrir que seu verdadeiro nome era Aubrey e não Alyssa.

– Você estava pensando em mim? – ela perguntou.

– O quê?

– Você estava pensando em mim? – repetiu – Você nunca me ligou tão tarde assim antes. Está se sentindo solitário?

– Estou com tesão.

Ela soltou uma leve risada.

– Gostaria que eu lhe dissesse o que estou vestindo?

– Já sei o que você está vestindo.

– Ah, é mesmo?

– Sim, é mesmo. – Coloquei uma mão atrás da cabeça. – Hoje é quarta-feira, o que significa que você ensaiou até à meia-noite, o que significa que foi para casa e tomou um banho e enfiou os seus pés em uma bacia de gelo, completamente nua.

Ela respirou fundo.

– E do jeito que está respirando agora, acho que ainda está nua e que, se atendeu minha ligação no primeiro toque, é porque quer se tocar ao som da minha voz.

Outra lacuna de silêncio.

– Estou errado? – perguntei.

– Não... – sua voz estava baixa – Mas não acho que você esteja com tesão agora.

– Estou, pode acreditar.

– Talvez, mas acho que me ligou porque gosta de mim... porque quer ouvir a minha voz, já que não nos falamos ao telefone há algum tempo.

– Liguei para você porque meu pau está duro e estou com vontade de fazê-la gozar pelo telefone.

Ela riu de novo.

– Então você não gosta de mim?

– Gosto da sua boceta.

– Então, as rosas brancas e o bilhete que estava no capô do meu carro hoje, dizendo "Ele só está gritando com você porque sabe que é a melhor. Não deixe isso atingi-la", não foram deixados por você?

Desliguei.

Retratação (s.f.):

A RETIRADA LEGAL DE UMA
PROMESSA OU OFERTA.

Andrew

– Como acha que devemos proceder com o cliente, Harriet? – Inclinei-me em minha cadeira na noite seguinte, temendo as famigeradas horas mensais em que, por dever quase cívico, devemos deixar os estagiários ajudar em um caso.

– Hmmm, senhor Hamilton... – Ela torceu uma mecha de cabelo no dedo. – Meu nome é Hannah.

– Que seja – eu disse – Como você acha que devemos prosseguir com este caso?

– Poderíamos arrolar a ex-mulher dele como testemunha. Ela poderia atestar seu caráter.

– Eles ficaram casados por trinta dias. – Revirei os olhos e olhei para o estagiário sentado ao lado dela. – E isso foi há dez anos. Bob, o que você acha?

– É... É, na verdade, é Bryan.

– É o que eu disser que é. O que você acha?

– Eu estava fazendo uma pesquisa sobre o passado dele e, ao que parece, ele foi repreendido por invadir o *firewall* da universidade no último ano. Poderíamos começar lá e construir um caso em cima desse seu passado de anarquia...

Suspirei.

– Ele é nosso cliente, Bryan. Por que, intencionalmente, faríamos qualquer coisa para ele ficar mal?

Ele piscou.

Virei-me para o último estagiário na sala, uma morena baixinha.

– O que você sugere?

– Não vai tentar adivinhar meu nome? – ela sorriu.

– Só percebi hoje que você não é a faxineira. O que sugere?

– Isso – Ela deslizou uma pasta sobre a mesa. – Se estamos tentando provar que ele não cometeu uma violação das políticas da empresa quando tirou suas ações preferenciais, poderíamos usar esse caso como referência.

Abri a pasta e li a primeira linha de um caso que não apenas tinha mais de cem anos, como também tinha sido anulado pelo Supremo Tribunal há décadas.

– Vocês todos fumaram a mesma droga antes da entrevista? – disse, balançando a cabeça – Vocês estão na faculdade de Direito. Daqui a alguns anos, pode ser que tenham o futuro de alguém nas mãos e esse é o tipo de merda que fazem?

– Com todo o respeito, senhor Hamilton – Bryan falou –, existe mesmo uma resposta certa para esta pergunta? Quero dizer... essa é mais uma daquelas pegadinhas do tipo "hahaha, isso foi apenas um teste para ver como suas mentes funcionam?" ou existe realmente uma resposta?

– Sim. – Levantei-me.

– Sério? Qual é?

– É ir para casa, porra. – Comecei a empilhar meus papéis. – Todos. Agora.

– Mas...

– Agora. – Olhei para eles e esperei todos saírem da minha sala.

No segundo em que estava sozinho, deixei escapar um suspiro e sentei-me novamente. Era melhor deixar Jessica me ajudar naquele caso. Ela não entendia nada de Direito, mas eu tinha certeza de que, pelo menos, tentaria.

– Senhor Hamilton, eu... – Aubrey entrou na sala com uma xícara de café. – Para onde foram todos?

– Para casa. – Peguei a xícara da mão dela, frustrado. – Você pode ir também.

– Algum dia vou ter de volta minha posição de estagiária ou vou continuar servindo café e organizando arquivos?

– Você também é responsável pelo telefone, e esse é um encargo que deve cumprir com rigor.

– Estou falando sério – ela disse, revirando os olhos – Por mais que goste de fazer sexo com você todas as manhãs quando trago o café, gostaria de voltar a sentir que realmente tenho um propósito aqui.

– Tudo bem. – Tomei um gole do café. – Você está acompanhando o caso em que estou trabalhando atualmente?

Ela balançou a cabeça.

– Ótimo – eu disse, secamente – Como acha que devo proceder?

– Acho que, primeiro, precisa conseguir falar com o homem que apagou a identidade do seu cliente.

– O quê? Do que você está falando?

Ela tirou uma pasta da bolsa e a colocou à minha frente.

– Meus pais me ensinaram a pesquisar o passado de alguém muito, muito bem. Essa é a única coisa que posso creditar a eles – disse, folheando algumas páginas – Seu cliente tem registros escolares da infância, boletins, mudanças de endereço etc. Há um registro da faculdade que ele frequentou, da graduação, e até mesmo um de quando ele invadiu o *firewall* da faculdade e foi suspenso por um semestre inteiro. Depois disso, há registros de um casamento curto com alguma mulher que ele conheceu em Cabo e alguns da fundação da empresa. Mas, depois disso, com exceção dessas alegações recentes, não há nada.

Olhei para as páginas.

ela **nunca** será minha ◆ 61

– Não acha isso estranho? – Ela olhou para mim. – Como é possível pesquisar alguém no Google e não encontrar nada? Como é possível pesquisar em vários bancos de dados e descobrir que décadas inteiras foram apagadas?

Fechei a pasta.

– É um pouco estranho.

– Um pouco?

– Sim. Um pouco. Essa é toda a evidência que tem?

– É toda a evidência de que você precisa. – Ela olhou em meus olhos. – Encontre o cara que apagou o histórico dele ou encontre o cara que apagou o *seu* histórico e você poderá contar com mais uma vitória. Caso contrário...

– Aubrey...

– As pessoas não aparecem simplesmente do nada, Andrew – ela disse – Você sabe disso, eu sei disso, e tenho certeza de que seu cliente também sabe disso.

– Agora estamos falando sobre o cliente?

– Não há qualquer registro de Andrew Hamilton em nenhum banco de dados de registro de advogados no Estado.

– Não estou sendo julgado.

– Liguei para todas as faculdades de Direito no Estado, fingindo ser uma recém-formada em busca de um colega, e não existe registro de nenhum Andrew Hamilton que tenha recebido o diploma de qualquer uma delas.

– Você está tão obcecada assim por mim? – sorri.

– Fiz a mesma coisa com as faculdades de Direito de Nova York. Foi um pouco mais complicado, mas o resultado foi exatamente o mesmo. Não há registro de você ter frequentado a faculdade nos anos em que supostamente teria frequentado.

– E como isso afeta você?

– Você me humilhou quando descobriu que menti.

– Desculpe.

– Não faça isso. – Ela balançou a cabeça. – Você me fez chorar, dizendo que eu era uma mentirosa por esconder a verdade e fingir ser alguém que eu não era.

– Tenho certeza de que eu não seria a única pessoa a classificá-la como mentirosa depois do que você fez.

– Mesmo assim, apesar de vê-lo todos os dias, apesar de falar com você por telefone todas as noites, não estou nem perto de conseguir saber alguma coisa sobre você. – Havia preocupação em seus olhos. – Sou sempre eu falando sobre mim, ou você falando coisas abstratas que criam uma imagem borrada.

– Isso não importa. Eu lhe disse que eu...

– Que você nunca mentiu para mim – ela completou – Acredito nisso e, por um tempo, pensei que sempre tivesse sido honesto comigo, mas quando olho para trás, vejo que é honesto apenas sobre o que você quer falar. Daí a aparição aleatória da *senhora* Hamilton e...

– Já conversamos sobre isso – Peguei a mão dela e puxei-a para perto de mim. – Portanto, não vou perder meu tempo discutindo de novo uma merda que já expliquei...

– Só...

– Veja – Pressionei o dedo contra seus lábios. – Você é a única mulher que fodi regularmente em seis anos.

– E eu deveria ter orgulho disso?

Puxei-a para meu colo.

– Você é a única mulher... a única pessoa, na verdade, com quem converso fora desse escritório, a única mulher com quem já trepei pelo telefone, a única que esteve em meu carro e a única que mentiu para mim e, mesmo assim, conseguiu me fazer ficar...

Ela suspirou, olhando para mim.

– Agora – continuei –, se não se importa, vou fodê-la nessa cadeira. E quando acabarmos, vou lhe mostrar como pesquisar sobre alguém do jeito certo porque, ao contrário do que pensa, meu cliente tem, sim, um passado.

– Não, verifiquei tudo duas vezes e...

Pressionei meus lábios contra os dela.

– *Depois* que eu fodê-la.

Consentimento (s.m.):

ACORDAR VOLUNTARIAMENTE COM UMA PROPOSTA.

Aubrey

Assunto: Nova York/Suas Calcinhas

Só para deixar registrado, frequentei, sim, a faculdade de Direito em Nova York. E fui o orador da turma.

Andrew

PS.: Se você esconder mais um par de calcinhas molhadas com um bilhete escrito "Para o seu fetiche" na gaveta da minha mesa, vou concluir que quer que eu durma com sua boceta na minha cara. Minha língua está dolorida para fazer isso desde que "conheci" você, portanto, dispenso essas dicas... elas são desnecessárias...

– Aubrey? – a voz da minha mãe tirou o sorriso do meu rosto – Aubrey, você ouviu o que seu pai acabou de dizer?

– Não, sinto muito – suspirei, desgostosa por ainda estar sentada naquele jantar com eles.

Eles tinham me ligado quando meu ensaio terminou e exigido que eu fosse para casa, para que pudéssemos ir juntos ao nosso restaurante "favorito". Era nesse restaurante que todos os amigos dos meus pais costumavam ir, e eu sabia que eles só queriam ir lá para afirmar a imagem de família perfeita.

– Está ouvindo agora? – meu pai disse, levantando a sobrancelha.

– Sim...

– Nós a trouxemos aqui para que pudéssemos lhe dizer que... bem, que vou concorrer para governador nas próximas eleições – ele disse.

– Quer meu voto?

– Aff, Aubrey – minha mãe bufou e estalou os dedos para o garçom – Esse é um dos momentos mais felizes da sua vida.

– Não...– Balancei a cabeça.–Tenho certeza de que não é...

– Todos esses anos de trabalho duro construindo a nossa empresa, fazendo dela uma das mais impecáveis da cidade – ela disse, enquanto olhava nos olhos do meu pai – Isso está prestes a nos recompensar de uma maneira surpreendente. Já temos alguns apoios verbais para o orçamento da campanha, e já que estamos na mesma chapa do atual governador...

– Você tem grandes chances de ser governador – cortei minha mãe – Parabéns, pai.

Ele estendeu a mão sobre a mesa e apertou a minha, mas minha mãe não conseguia calar a boca.

– Vamos ter de tirar novas fotos de família para o arquivo, sabe? Fotos para podermos distribuir para a imprensa. Então, acho que você vai ter que usar seus cabelos de outra forma, não essa coisa de bailarina.

– É um coque.

– É uma monstruosidade.

– Margaret... – meu pai a repreendeu – Não é uma monstruosidade... é só...

– É só o quê? – Olhei para um e para o outro.

– É importante que pareçamos uma família americana completamente coerente na campanha eleitoral. – Minha mãe pegou uma taça de vinho do garçom e esperou que ele se afastasse. – Talvez tenhamos de fazer algumas viagens juntos, como uma família.

– Você vai concorrer para governador, não para presidente. E que mulher de vinte e poucos anos ainda viaja com seus pais durante uma campanha só para fotos de comício?

– Nosso adversário tem gêmeas de vinte anos e elas são educadas em casa – disse minha mãe – Eles viajam para países do terceiro mundo todo verão, para ajudar os pobres, e tenho certeza de que elas estarão em todos os comícios durante a campanha.

Bufei.

– Por que está tentando competir com pessoas genuínas? Não acha que eles são o tipo que merecem ganhar?

– Aubrey, isso é sério – meu pai parecia chateado – Esse é um sonho antigo meu, e queremos ter certeza de que nada o atrapalhará.

Os dois trocaram olhares e eu levantei a sobrancelha.

– Nada como o quê? – perguntei.

– Tudo bem – minha mãe baixou a voz e olhou por cima do ombro antes de continuar – Precisamos saber se existe algum esqueleto no seu armário, como fotos em redes sociais que a façam parecer uma garota festeira, ex-namorados ou parceiros sexuais que possam surgir, ou qualquer coisa que nos faça parecer péssimos pais.

– Vocês *são* péssimos pais.

– Pare com isso, Aubrey. – Meu pai segurou minha mão e a apertou forte. – Nós lhe demos tudo o que você poderia querer enquanto crescia, e tudo o que estamos pedindo é um pequeno sacrifício agora.

– Não tenho nenhum esqueleto no armário – cerrei os dentes.

– Ótimo – minha mãe disse, colocando um sorriso falso no rosto – Então, quando trancar a faculdade para nos ajudar na campanha não vai parecer suspeito. Já falamos com o seu coordenador sobre aulas on-line e elas são, de fato, oferecidas. Os alunos precisam ir ao campus para assisti-las, mas para os especiais, como você, eles abrem uma exceção...

– Não – interrompi – Não, obrigada.

– Isso não está em discussão, Aubrey. É para o bem do...

– Do sonho do meu pai, certo? – tentei não me descontrolar – Porque ele é o único na família que tem um sonho, certo?

– Sim – disse minha mãe entredentes e com um sorriso forçado e amarelo – Estamos falando de sonhos reais, Aubrey, não daqueles sem nenhuma chance de dar certo.

– Como é que é? – Levantei-me. – Vocês querem falar sobre sonhos fracassados quando vocês dois fracassaram mais do que qualquer outra pessoa que conheço... e às custas da própria filha? – Meus olhos estavam marejados.

– Aubrey, sente-se. Agora. – Ela pegou minha mão. – Não vamos fazer uma cena aqui.

– *Vamos!* – Puxei a mão. – Vamos discutir porque eu tenho vinte e dois anos e ainda sou uma porra de uma caloura na faculdade quando deveria ter a merda de um diploma! Vamos? Vocês podem explicar isso?

O rosto de meu pai ficou vermelho e ele fez sinal para eu me sentar, mas permaneci onde estava.

Minha mãe agarrou as pérolas.

– Aubrey... Fizemos o que era melhor naquele momento. E mesmo que mudar de escola duas vezes em dois anos tenha sido lamentável, isso fez de você quem você é hoje. Agora, a campanha só começa...

– Não me importa quando essa porra começa. Não vou participar de uma campanha eleitoral sem sentido nem vou fazer nenhuma de minhas aulas on-line, sabe por quê? – Eu podia sentir meu sangue fervendo. – Porque não dá para aprender a porra do balé on-line!

O restaurante, de repente, ficou em silêncio.

– Vocês dois são hipócritas, egoístas, e nem se dão conta disso. – Balancei a cabeça. – Vou votar no outro cara. – Saí entre os suspiros e sussurros das outras mesas, ligeiramente contente com o fato de que a imagem da família perfeita que meus pais tanto queriam tinha sido maculada publicamente.

– Seu número, senhorita? – o manobrista disse para mim quando pisei do lado de fora.

– Meu o quê?

– Seu número... – ele disse, inclinando a cabeça para o lado. – Do carro...

Merda... Suspirei e olhei por cima do ombro.

Os clientes apontavam em minha direção e eu não suportaria voltar lá só porque não tinha carona para casa.

Pensei em ligar para um táxi, mas sabia que era inútil. Levaria uma eternidade para ele chegar ali e eu, provavelmente, poderia caminhar até meu apartamento mais rapidamente.

Havia um ponto de ônibus a uns dois quilômetros, mas eu só estava com meu cartão de crédito.

Duvidava que Andrew pudesse ir me buscar, mas decidi tentar.

```
Assunto: Uma carona
Eu realmente preciso de um favor...
Aubrey


Assunto: Re: Uma carona
Querer dar uma volta no meu pau no meio
do dia não deveria ser considerado um
"favor" a essa altura do campeonato.
Andrew


Assunto: Re: Re: Uma carona
Não estou falando sobre seu pau, estou
falando sobre seu carro... Será que
poderia vir me pegar agora? Eu estava
jantando com meus pais, mas a coisa não
terminou nada bem... e não estou com
meu carro.
Se não puder, vou entender.
Aubrey


Assunto: Re: Re: Re: Uma carona
Onde você está?
Andrew
```

Meia hora depois, ele estacionou na calçada do clube.

Entrei no carro antes que ele pudesse estacionar e nem olhei para trás para ver a cara dos esnobes que, provavelmente, sussurravam e se perguntavam o que teria acontecido.

– Para a sua casa, certo? – ele perguntou enquanto arrancava com o carro.

– Não...

Ele olhou para mim.

– Para a GB&H?

– Se quiser. Só não me leve para o meu apartamento – fiz uma pausa – Tenho certeza que meus pais vão passar lá depois do jantar e tentar falar comigo, então...

– Você comeu?

– Perdi o apetite... – eu disse, antes de sorrir – Mas se estiver interessado em me convidar para um encontro agora, não vou achar ruim...

– Por que eu a convidaria para um encontro?

– Porque você me deve um.

– Desde quando?

– Desde que você disse que me convidaria para sair se nos conhecêssemos pessoalmente e ainda não cumpriu essa promessa. – No semáforo seguinte, ele se virou para mim.

– Se estivesse, mesmo que vagamente, interessado em convidá-la para sair agora, coisa que não estou, onde eu a levaria, se você já jantou?

ela **nunca** será minha ◆ 73

– Surpreenda-me. – Dei de ombros e encostei-me no vidro, fechando os olhos em seguida. Eu praticamente podia imaginá-lo olhando para mim com aquele olhar de "você está completamente louca" e, enquanto conduzia o carro de volta, sorri, esperando que aquilo fosse o começo de uma relação mais normal.

Eu estava sonhando com ele me beijando no banheiro da galeria de novo quando o senti balançar levemente meu ombro.

– Aubrey... – ele sussurrou – Aubrey, acorde.

Ergui a cabeça e olhei para fora da janela. Havia plantas exuberantes e um enorme edifício envidraçado. Meu coração pulou, porque eu sabia que ele nunca tinha levado uma mulher para sua casa antes, e estava feliz de ser a primeira.

Olhei para ele, pronta para dizer alguma coisa, mas, em seguida, vi que ele segurava um cartão de estacionamento. Quando olhei pela janela da frente, percebi onde realmente estávamos.

No estacionamento do Hilton.

– Sua ideia de encontro é me levar para um hotel?

– É mais tipo foder você no hotel.

– Andrew, este é o lugar onde você traz todas as mulheres que conhece na internet...

– E?

Meu coração se despedaçou.

– Você não percebe que me trazer aqui fere meus sentimentos?

– Você prefere o Marriott?

Pisquei.

– Eles não têm o mesmo padrão de serviço de quarto, mas se prefere... – ele disse.

– Só me leve para casa. *Agora* – minha voz falhou e inclinei-me contra a janela, fechando os olhos novamente – Vou falar com meus pais...

Acordei em um sofá de couro, coberta por um cobertor preto macio.

Sentei-me e vi que meus sapatos tinham sido retirados e colocados em uma prateleira do outro lado do cômodo. Na mesinha, à minha frente, uma bandeja com frutas frescas e chocolates ao lado de uma garrafa de vinho e duas taças.

O cômodo parecia ter saído de uma revista: cortinas brancas de seda, paredes cinza e porta-retratos de prata. Em um destes porta-retratos havia a imagem de uma porra de um hotel, o que deixava claro exatamente onde eu estava.

Imediatamente, joguei o cobertor para o lado, pronta já para encontrar Andrew e gritar com ele por ter me levado para lá contra a minha vontade. Andei pelo corredor e, aos poucos, percebi que as fotos penduradas na parede eram dele.

Em uma delas, ele estava de pé em uma praia, olhando ao longe; em outra, estava de pé diante de um táxi em Nova York e, em outra, deitado em um banco do parque.

Em todas aquelas fotos ele era jovem, seus olhos emitiam um charme juvenil e, se entendi bem, ele parecia feliz. Extremamente feliz.

Entre as fotos maiores, havia pequenos blocos de madeira com o formato de um "E" e um "H" entrelaçados. A princípio, pensei que o "A" de Andrew estivesse simplesmente faltando, que estaria em uma das peças, mas esse não era o caso. No último quadro, no final do corredor, havia uma foto enorme de um "E" e de um "H" feitos a partir de uma coleção de imagens de Nova York.

"E" e "H"?

Segui pelo corredor, sorrindo para as fotos mais "estimadas" que ele pendurara de si mesmo. Parei quando ouvi um som de água corrente, que seguiu até chegar a um quarto enorme.

Tudo era tingido de preto: os lençóis que cobriam a cama *king size*, as longas cortinas de seda que pendiam sobre as portas francesas da sacada e o tapete felpudo sobre o assoalho brilhante de madeira.

Fui até o armário e abri a primeira gaveta.

– O que você está fazendo? – Andrew estava bem atrás de mim.

– Eu estava... – Parei quando ele passou um braço em volta da minha cintura. – Eu estava olhando as suas coisas.

– Procurando alguma coisa em particular? – Ele beijou a ponta de minha orelha por trás.

– Procurando onde você guarda as minhas calcinhas.

Ele soltou uma risadinha.

– Elas estão ao lado da cama. – Ele deslizou a mão por baixo de minha saia e parou quando seus dedos alcançaram minha boceta nua. – Já que não está usando nenhuma agora, quer que eu as devolva?

Revirei os olhos e ele me deixou ir.

– Aqui é melhor do que um quarto de hotel? – ele perguntou.

– Depende. – Eu me virei. – Quantas outras mulheres já trouxe aqui?

– Nenhuma.

– Nenhuma? – Eu não podia acreditar naquilo. – Em seis anos?

– Gosto de manter minhas fodas separadas de minha vida particular. – Ele apertou minha mão.

– Então, eu sou uma exceção?

Ele não respondeu, simplesmente me conduziu pelo quarto até um banheiro todo branco, onde a água do chuveiro ainda estava correndo.

– Estava esperando você acordar... – Ele olhou para mim.

– Porque quer assistir a um filme comigo?

– Porque quero fodê-la debaixo do chuveiro. – Ele empurrou minhas costas contra a parede e olhou em meus olhos. – Porque quero fodê-la a noite toda.

Gemi enquanto ele colocava o joelho entre minhas coxas e tirava minha blusa. Ele deslizou a mão grande em minhas costas para desabotoar meu sutiã e, quando a peça caiu no chão, Andrew deslizou a língua em meus mamilos.

– Tire a saia... – Ele afastou-se de mim.

Minhas mãos foram imediatamente para o zíper, mas meus olhos continuaram grudados naquele homem à minha frente, quando ele começou a se despir.

Eu já havia fodido com ele diversas vezes no escritório, cavalgado desesperadamente em seu pau enorme vez ou outra, mas nunca o havia visto completamente nu.

Ele puxou a camiseta branca com gola V pela cabeça e a atirou em um canto, expondo um abdômen completamente esculpido e uma pequena tatuagem em letra cursiva gravada no peito.

Tentei ler o que as palavras diziam mas, em seguida, ele desamarrou o cordão da calça preta e a deixou cair no chão.

Através da cueca, eu podia ver que seu pau estava duro, e esperei que a tirasse, mas ele caminhou em minha direção.

Pegou minha mão e a colocou em sua cintura.

– Tire-a.

Deslizei o polegar por baixo do elástico, mas ele me parou.

– Com *a boca.*

Meus olhos se arregalaram quando olhei para ele e vi aquele sorriso sexy estampado em seu rosto.

Fiquei de cócoras, lentamente cobrindo de beijos sua cintura, ouvindo-o respirar ofegante enquanto suas mãos escorregavam em meus cabelos.

Agarrei-lhe as coxas para ter equilíbrio e puxei o elástico da cueca com os dentes. Baixei o tecido alguns centímetros e usei os dedos para descê-la um pouco mais, mas ele me puxou pelos cabelos.

– Só a boca – ele alertou.

Lancei um olhar de compreensão, e ele me deixou continuar. Mais uma vez, peguei a cueca com os dentes e, lentamente, deslizei-a por suas pernas.

Olhei para cima e vi que seu pau estava em posição de sentido, duro como pedra e pronto para ser recebido inteiro por minha boceta completamente molhada, como sempre. E, pelo olhar de Andrew, eu sabia que ele ia me puxar e me foder contra a parede.

Antes que pudesse ter a chance, coloquei-me de joelhos e agarrei seu pau com as duas mãos. Pressionei os lábios naquele caralho grosso e enorme e arrastei a língua em cada centímetro. Envolvi a boca na cabeça e, lentamente, comecei a massageá-la com a língua.

– Aubrey... – Ele enfiou os dedos em meus cabelos e olhou para mim. – O que você está fazendo?

– Eu estou... – Senti minhas bochechas corarem. – Estou chupando seu pau.

Ele piscou, deixando um sorriso leve se espalhar pelo rosto.

– Você não está chupando meu pau... Você está *beijando* meu pau.

– Eu estava chegando a essa parte. Estava tentando fazer igual... – Balancei a cabeça e levantei-me, completamente envergonhada. – Deixa para lá.

– Você estava tentando fazer igual a quê? – ele sussurrou contra meus lábios.

Balancei a cabeça novamente e ele olhou em meus olhos.

– Você não precisa ver outra pessoa fazendo para aprender. *Eu* vou ensiná-la...

Ainda sorrindo, ele pegou minha mão e me puxou para o chuveiro. Pressionou o peito contra o meu e deslizou um dedo em minha boca enquanto a água caía sobre nossos corpos.

– Esse é o máximo que consegue abrir a boca para mim?

Pisquei, assentindo.

– Vai ter que abrir bem mais para o meu pau caber em sua boca... – Ele se sentou no pequeno banco molhado e fez sinal para eu me ajoelhar.

O fluxo de água caía sobre minhas costas quando fiquei de joelhos.

– Umedeça os lábios com a língua – ele ordenou, e eu obedeci, sentindo-me completamente fora da minha zona de conforto.

Inclinei-me para a frente, presumindo que deveria tomar seu pau na boca agora, mas ele me parou.

– Deixe-o molhado.

– *O quê?*

– Ponha sua boca no meu pau e umedeça-o.

Hesitante, pressionei meus lábios em seu pau e deslizei a língua em toda a extensão. Eu o estava lambendo lentamente mas, em seguida, Andrew puxou minha cabeça para cima novamente.

– Você está sendo muito gentil – ele disse – Não preciso que seja a porra de uma dama agora...

– Eu...

– Preciso que você seja agressiva, gulosa e suja, porque eu não vou ser nem um pouco gentil quando estiver devorando a sua boceta. – Então, ele gentilmente empurrou minha cabeça para baixo e abriu as pernas um pouco mais. – Massageie minhas bolas com as mãos...

Imediatamente as segurei, esfregando-as uma contra a outra.

– Um pouco mais forte... – a respiração dele ficou ofegante e peguei o ritmo dos dedos.

– Agora – ele sussurrou –, abra a boca o máximo que conseguir e leve meu pau o mais fundo que puder...

Abri minha boca e engoli os primeiros centímetros facilmente, enquanto ele enfiava os dedos em meus cabelos.

– Mantenha os olhos em mim. – Ele parecia, de certa forma, impressionado. – Você não precisa engolir ele inteiro agora... – Ele usou meus ombros para me empurrar para trás e, depois, para a frente. – Continue movendo-o para dentro e para fora da boca... assim...

Gemendo, ele olhou para mim com pura luxúria antes de sussurrar:

– Engula mais fundo...

Segui sua ordem e ele gemeu ainda mais alto. Eu podia ver os músculos de suas pernas enrijecerem enquanto minha boca cobria mais da metade de seu pau. Comecei a me sentir um pouco mais ousada, ligeiramente mais confiante; então, engoli um pouco mais.

– Porra... – ele suspirou.

Usei a mão livre para cobrir a parte de seu pau que ainda não estava em minha boca e massageei-a do mesmo jeito que estava massageando suas bolas: suave, mas enérgico.

Ele começou a puxar meus cabelos, implorando-me para que eu colocasse mais de seu pau em minha boca.

– Engole tudo...

Sentindo-me agora no controle, neguei seu pedido e acelerei o ritmo, balançando a cabeça para cima e para baixo.

– Aubrey... – suas palavras soavam tensas.

Levei o pau dele um pouco mais fundo em minha garganta, apertando os lábios um pouco mais, mas não fui até o fim.

– Aubrey... – ele disse de novo, parecendo desesperado.

Mas eu não estava prestando atenção em suas palavras; estava, na verdade, adorando a maneira como seu pau ficava dentro de minha boca; amando o jeito que minha língua o fazia reagir.

– Pare. – Ele me puxou de volta pelos cabelos e olhou para mim. – Enfie meu pau inteiro na porra da sua boca. Agora.

Deslizei a boca sobre ele e inclinei-me, não parando até que a cabeça de seu pau tocasse no fundo de minha garganta.

Andrew fechou brevemente os olhos e suspirou. Em seguida, abriu-os novamente e disse com firmeza:

– Preciso que me deixe gozar na sua boca... – sua voz estava rouca – E preciso que engula cada gota de porra...

Segurei em seus joelhos e o chupei mais e mais rápido, até sentir seu pau começar a latejar em minha boca. Eu podia senti-lo pulsando, apertando, e quando Andrew se inclinou e finalmente gozou, senti os jatos quentes deslizando pela minha garganta.

Sua porra era salgada e grossa, e eu, sinceramente, amei o gosto que tinha. Quando a última gota pousou em minha boca, olhei em seus olhos e ele olhou para mim. A expressão em seu rosto era de pura satisfação, de genuína admiração, e eu estava mais excitada do que jamais estivera em toda a minha vida.

Ele levantou-se, me puxando com seu corpo, apertando os lábios contra os meus.

– Foi perfeito pra caralho. – Ele desligou a água e me conduziu para fora do chuveiro, levando-me para o quarto, sem se preocupar em me secar.

Agarrou-me pela cintura e me jogou em cima da cama.

– Abra as pernas.

Deixei minhas pernas se abrirem e ele subiu em cima de mim. Então, levou sua boca à minha e chupou meu lábio inferior.

Eu podia sentir a cabeça do seu pau esfregando contra minha boceta e levantei o quadril, encorajando-o a me foder.

Depois do que acabara de acontecer debaixo do chuveiro, eu não estava muito a fim de preliminares e não queria falar.

Eu queria ser fodida. Agora.

As mãos grandes dele acariciavam meus seios quando as empurrei.

– Me foda, Andrew.

– Com certeza.

– *Agora.*

Ele sorriu para mim, parecendo querer dizer alguma coisa inteligente, mas simplesmente inclinou-se e enfiou a mão no criado-mudo para pegar um preservativo.

Colocou-o rapidamente e enfiou em mim, num golpe único e certeiro, impelindo-me a gemer de prazer.

– Ahhhh... – Estendi a mão e agarrei seus cabelos, enquanto seu pau me estocava incansavelmente. Eu tinha certeza de que nunca cansaria dele me fodendo, e cada vez era melhor que a anterior.

Fechei os olhos quando ele enterrou a cabeça em meu pescoço, enquanto sussurrava algo como "bom para caralho". Pequenos tremores começaram a aumentar dentro de mim, e por mais que eu quisesse que aquilo durasse um pouco mais, não seria capaz de segurar por muito tempo.

– Andrewww... – eu disse seu nome quando meus quadris começaram a tremer e meu orgasmo tomou conta de mim. Gritei, soltando o corpo sobre os travesseiros, deixando Andrew cair em cima de mim segundos depois.

Ficamos deitados ali, entrelaçados um no outro, por um longo tempo, completamente calados, contemplando nossos orgasmos. Quando, por fim, encontrei energias para falar, limpei a garganta.

– Você vai dormir dentro de mim a noite toda?

– Claro que não. – Ele saiu de mim, imediatamente, fazendo-me sentir falta da sensação dele me preenchendo toda. Caminhou até o banheiro e jogou fora o preservativo.

– O que está fazendo? – Sentei-me na cama.

– Estou me vestindo.

– Para quê?

– Para levá-la para casa – disse, enfiando um par de calças – E para poder dormir. – Colocou uma camisa e olhou para mim. – Em quanto tempo acha que consegue ficar pronta?

– Não quero que me leve para casa. – Balancei a cabeça. – Quero ficar.

– *Aqui?* – ele parecia totalmente confuso.

– Sim, aqui.

– Tipo, para *passar a noite?*

Balancei a cabeça afirmativamente e ele ficou ali, olhando para mim, como se eu tivesse acabado de lhe pedir para fazer o impensável ou o impossível. O olhar com que me olhava era um misto de angústia e pesar e, por um segundo, quase me senti mal por sugerir aquilo.

– Aubrey, eu não... – ele suspirou – Nunca deixei ninguém passar a noite aqui.

– Então me deixe ser a primeira...

Ele continuou me olhando, batendo no queixo, antes de ir até o armário e pegar um conjunto de pijamas brancos.

– Você pode dormir com isso... – disse, segurando o pijama para mim. Estendi a mão para pegá-lo, mas ele balançou a cabeça – Levante-se.

Deslizei para fora da cama e fiquei em pé, na frente dele.

Ele, então, ajudou-me a abotoar a camisa, beijando cada centímetro de minha pele exposta até chegar ao último botão. E, quando, terminou, beijou meus lábios.

Eu esperava que ele me entregasse a calça em seguida, mas ele simplesmente a jogou no chão.

– Vá para a cama.

Sorrindo, escorreguei para debaixo dos lençóis enquanto ele apagava as luzes.

Segundos depois, ele juntou-se a mim na cama, puxando-me contra seu peito.

– Está feliz? – sussurrou.

– Sim...

– Tem certeza? Tem mais alguma coisa fora de minha zona de conforto que você gostaria que eu fizesse para você esta noite?

– Hoje não, mas você poderia preparar o café amanhã.

– Você está forçando a barra...

– Caso mude de ideia, gostaria de waffles, bacon, morangos fatiados e suco de laranja.

ela **nunca** será minha ◆ 87

– A menos que queira comer tudo isso em cima do meu pau, isso não vai acontecer. – Ele beliscou a minha bunda. – Agora, durma, Aubrey.

◆◆◆

Pela manhã, abri os olhos e percebi que estava sozinha na cama de Andrew. Olhei para o lado e vi um recado no papel timbrado da GB&H:

Tive de correr para o escritório para atender um novo cliente. Voltarei para levá-la para casa.

PS: Fique à vontade para levar sua coleção de calcinhas com você.

Andrew

Saí da cama pronta para explorar mais do seu apartamento, mas ouvi uma batida forte e repentina na porta. Corri e girei a maçaneta, esperando encontrar Andrew, mas deparei-me com um homem vestido todo de preto.

– Hmmm... Pois não? – tentei não parecer muito confusa.

– Senhorita Aubrey Everhart?

– Sim...

– Ótimo – ele disse, entregando-me um saco branco – : waffles gourmet, bacon, morangos fatiados e suco de laranja, certo?

Negação (s.f.):

Declaração na resposta do réu a uma denúncia em uma ação judicial de que uma alegação (alegação de fato) não é verdadeira.

Andrew

Alguns dias depois...

Eu tinha, oficialmente, perdido a porra da cabeça.

Estava na minha banheira com Aubrey, ofegante, sentada em cima de mim, enquanto saía de outro orgasmo.

Era a terceira vez nessa semana que ela passava a noite em meu apartamento, e era inútil até mesmo fingir que eu me importava.

Eu não sabia o que diabos estava acontecendo, mas ela, definitivamente, conseguira me pegar. Fora lentamente se infiltrando em cada pensamento meu e, não importava o que eu fizesse para tentar recuperar meus sentidos e me lembrar de que aquilo tudo só podia ser temporário, entrava cada vez mais em minha vida.

– Por que está tão quieto hoje? – ela perguntou.

– Não posso mais pensar?

– Não quando há uma mulher nua montada em seu pau.

– Eu estava lhe dando uma chance de relaxar. – Deslizei as mãos por baixo de suas coxas. – Sobre que besteira supérflua quer falar hoje?

– Não é supérfluo – ela disse – É sobre seus pais.

– O que tem meus pais?

– Eles ainda vivem em Nova York?

Forcei-me a não apertar a mandíbula.

– Não sei.

– Não sabe? – Ela levantou a sobrancelha. – O que quer dizer com "não sabe"? Vocês estão brigados?

– Não... – suspirei – Simplesmente não tenho pais.

Ela inclinou a cabeça para o lado.

– Então, por que me lembro de você me contando uma história sobre sua mãe no primeiro mês em que nos conhecemos?

– Que história?

– A história sobre o Central Park e o sorvete. – Ela olhou em meus olhos como se esperasse que eu dissesse alguma coisa. – Você disse que ela o levou a alguma quermesse de crianças, acho. Era algo que acontecia todos os sábados. Mas do que você mais se lembrava aconteceu quando estava chovendo e ela ainda o levou, e você ficou na fila por uma hora só para conseguir uma bola de sorvete de baunilha.

Pisquei.

– Não é essa a história? Estou confundindo-a com outra?

– Não – eu disse – É isso mesmo... Mas não a vejo desde então.

– Ah... – Ela baixou os olhos. – Sinto muito.

– Não, tudo bem. – Deslizei um dedo em seus lábios. – Eu me virei muito bem.

– Posso fazer mais algumas perguntas?

– A partir de hoje, você tem a quota diária de uma pergunta.

Ela revirou os olhos.

– O que são todos aqueles "E"s e "H"s no corredor? O que querem dizer?

Senti uma dor súbita no peito.

– Nada.

– Se você odeia tanto Nova York e não gosta de falar sobre o seu passado ou o que perdeu há seis anos, por que tem tantas lembranças penduradas nas paredes?

– Aubrey...

– Certo, esqueça essa pergunta. E quanto à citação em latim tatuada em seu peito? O que significa?

– "Minta sobre uma coisa, minta sobre tudo" – respondi, beijando seus lábios antes que pudesse me fazer qualquer outra pergunta. Eu estava começando a me perguntar por que ela não estudava para ser uma maldita jornalista em vez de bailarina.

– Sua vez – ela disse, suavemente – Pode me fazer perguntas agora.

– Prefiro te foder novamente. – Levantei-a comigo quando fiquei de pé e ajudei-a a sair da banheira.

Ambos nos secamos e fomos para o quarto. Assim que eu a estava puxando contra mim, a campainha tocou.

Suspirei.

– O jantar está adiantado. – Entrei em uma calça de pijama, enfiei uma camiseta e me dirigi para a porta com o cartão de crédito.

Quando abri a porta, deparei-me com a visão da última pessoa na terra que eu queria ver. *Ava.*

– Não se atreva a bater a porra da porta na minha cara dessa vez – ela sibilou – Precisamos conversar.

– Não temos merda nenhuma para conversar. – Pisei para fora e fechei a porta atrás de mim. – Quantas vezes preciso lhe dizer que você não é bem-vinda aqui?

– Tantas quantas forem necessárias para você realmente achar isso, o que não acha – ela zombou – Pergunte-me por que vim a Durham para vê-lo, *senhor Hamilton*. Faça isso e finalmente sumirei daqui.

– Você vai sumir daqui de qualquer maneira – eu disse, sem rodeios – Na verdade, não dou a mínima para o motivo que a trouxe aqui.

– Nem mesmo se for para assinar os papéis do divórcio?

– Você poderia ter enviado aquela merda pelo correio – cerrei os dentes – E como tenho certeza de que estão acabando as brechas para você contestar o divórcio, estou disposto a esperar. Tenho certeza de que seus advogados vão deixá-la assim que descobrirem o tipo de cliente que você é.

– Tudo o que estou pedindo é dez mil dólares por mês.

– Vá pedir ao homem que estava metendo na sua boceta no nosso quarto enquanto eu trabalhava. – Olhei para ela, lívido. – Ou, melhor ainda, peça ao juiz com quem você só "fodeu em troca de um favor". Ou, se estiver a fim, foda com meu ex-melhor amigo. Dar para ele sempre pareceu fazê-la se sentir melhor, não é mesmo?

– Você também não foi o *senhor Perfeito*.

– Eu nunca traí você, porra! E nunca menti para você.

Silêncio.

– Cinco mil por mês – ela disse.

– Vá se foder, Ava.

– Você sabe que eu nunca desisto – ela disse, seus olhos se arregalando quando voltei para dentro do apartamento – Eu sempre consigo o que quero.

– Eu também – Bati a porta na cara dela, sentindo o coração palpitando; o ataque de lembranças macabras reaparecendo, tudo de novo.

Chuva. Nova York. Desgosto.

Angústia total e absoluta.

Ver Ava em pessoa outra vez, ouvir sua voz manipuladora e sentir as dores familiares em meu peito, de repente, me fizeram perceber que eu não poderia cometer o mesmo erro outra vez.

Aubrey já estava fazendo perguntas, tentando forçar um caminho para a minha vida tanto quanto podia, pensando que, se ficasse comigo tempo suficiente, poderíamos dar certo juntos. Mas eu sabia que isso nunca iria acontecer, não depois de ver Ava e saber quão longe ela iria para me arruinar novamente.

Eu estava oficialmente farto daquele jogo monogâmico que estávamos jogando nas últimas semanas. Foi muito divertido, diferente até, mas uma vez que Aubrey nunca poderia ser minha e que eu nunca poderia ser dela, aquela merda toda era uma grande inutilidade.

Voltei para o quarto e vi Aubrey sorrindo, enquanto se deitava na cama.

– Onde está o jantar? – ela perguntou, inclinando a cabeça – Você o deixou na porta?

– Não. – Balancei a cabeça e comecei a arrumar as coisas dela, colocando-as todas em sua bolsa.

ela **nunca** será minha ◆ 97

– O que você está fazendo? – ela perguntou.

– Você não pode passar a noite.

– Certo... – Ela se levantou. – Aconteceu alguma coisa? Quer falar sobre...?

– Não quero falar sobre merda nenhuma com você – sibilei – Quero apenas levá-la para casa, porra.

– O quê? – Ela parecia confusa. – O que há de errado com você? Por que está...

– Certifique-se de tirar todas as suas merdas do meu banheiro. Você não vai voltar aqui.

– Por que não?

– Porque preciso começar a foder outra pessoa. – Peguei sua tiara. – Acho que já passei tempo mais que suficiente com você, não acha?

– Andrew... – O rosto dela desmoronou. – De onde veio tudo isso?

– Do mesmo lugar de onde sempre veio. Você mentiu para mim uma vez, vai mentir novamente.

– Pensei que tivéssemos superado isso.

– Talvez você tenha superado, mas eu não.

– O que está querendo dizer?

– Estou dizendo que você precisa pegar todas as suas coisas para que eu possa levá-la para casa. De agora em diante, você não passa de minha estagiária e eu de seu chefe. Vai voltar a ser a senhorita Everhart para mim e, para você, eu vou ser o senhor Hamilton.

– Andrew...

– *Senhor Hamilton,* porra.

Ela correu e pegou suas coisas, deixando escapar algumas lágrimas dos olhos.

– Foda-se. FODA-SE. Esta é a última vez que você vai vir com essa merda para cima de mim. – Ela saiu do meu apartamento, batendo a porta atrás de si.

Suspirei e senti imediatamente uma pontada de culpa no peito, mas eu sabia que aquilo era a coisa certa a ser feita. Ou eu terminava essa merda agora ou acabaria quebrando o coração dela mais tarde.

Fui à varanda e acendi um charuto, olhando para o céu escuro. Embora eu me sentisse mal por terminar as coisas tão abruptamente, por colocá-la para fora sem nenhuma explicação, tinha de voltar para o que diabos eu era, e rápido, antes que eu fodesse com tudo e colocasse meu coração em perigo outra vez...

Argumento final (s.m.):

O ÚLTIMO ARGUMENTO DE UM ADVOGADO APÓS
TODAS AS PROVAS TEREM SIDO APRESENTADAS POR
AMBOS OS LADOS.

Andrew (Bem, naquela época, meu nome era "Liam A. Henderson")

Seis anos atrás

Nova York

Alguma coisa nessa cidade me faz acreditar novamente. É a esperança no ar, as luzes cintilantes que brilham mais do que em qualquer outro lugar e os sonhadores que enchem as ruas dia após dia, relutantes em desistir diante de suas falhas, seguindo em frente até, finalmente, vencerem. Não existe outra cidade como essa, e nada é mais atraente além dessas estradas, nada que algum dia possa me fazer partir daqui.

À medida que o sol se põe ao longe, envolvo o braço na cintura da minha esposa. Estamos em pé contra a grade da ponte do Brooklyn, felizes porque consegui outro cliente importante para a minha empresa.

– Você acha que um dia os jornais vão realmente dizer a verdade sobre o seu primeiro caso – ela diz, olhando para mim com seus olhos verdes – ou acha que vão continuar varrendo tudo para debaixo do tapete?

– Vão continuar varrendo tudo para debaixo do tapete – suspiro – Duvido que o governo queira que as pessoas saibam que um garoto recém-formado descobriu uma conspiração. Seria um insulto.

– Então, está tudo bem você não levar o crédito?

– Por que não deveria estar? – Beijo sua testa. – Não preciso que os jornais publiquem meu nome para conseguir clientes. As pessoas sabem, por isso me encontram.

– Você deveria ser muito mais importante do que é – ela sussurra, balançando a cabeça –, seu nome deveria estar estampado em todos os outdoors na cidade. Idiotas do caralho...

Sorrindo, aperto o braço em sua cintura e começo a caminhada de volta para o carro. De todas as pessoas que entraram e saíram da minha vida, Ava Sanchez tem sido a única constante.

Ela é a única mulher que já amei, e desde o dia em que a tornei minha esposa, há três anos, jurei que isso jamais mudaria.

– Eu também estava pensando – ela diz, deslizando para o banco do passageiro –, que talvez, eu, você e seu sócio, o Kevin, poderíamos sair no próximo fim de semana. Ir a um lugar para solteiros.

– E por que iríamos a um lugar para solteiros?

– É mais pelo Kevin... Ele precisa ter vida própria. Estou cansada de tê-lo segurando vela o tempo todo. É ruim o suficiente que todos trabalhemos juntos, mas será que temos de passar cada momento juntos, também?

Rindo, dirigi pelas ruas da cidade até a enorme casa onde morávamos. Foi o primeiro bem que adquiri depois de vencer o "caso que nunca existiu", e Ava insistira para que eu comprasse a casa mais cara. Lembro-me de que dizia: "Você merece isso, porra; nunca se dá nada de bom...". E reforçava: "Isso é algo que não entendo, Liam... Você é um cara tão legal para todos, mas, para si mesmo...".

Estaciono o carro na frente de casa e, imediatamente, saio e abro a porta para Ava. Quando começamos a subir os degraus, ela sussura, como de costume:

– Aposto que ela vai gritar por você primeiro...

Assim que entramos, aquela voz doce familiar ressoa em toda a sala:

– *Papaiiiii!*

Solto a mão de Ava e abaixo-me para que minha filha, *Emma Henderson*, possa correr para os meus braços. Ela é a melhor parte do meu dia, a melhor parte da minha vida, e vê-la sempre estampa um imenso sorriso em meu rosto.

Beijo-lhe a testa, enquanto ela, incoerentemente, balbucia algo sobre o seu dia com a babá. E sorrio quando seus olhos azuis fitam os meus.

Não tenho consciência disso agora. Estou muito cego e feliz para ver. Mas, nos meses que estão por vir, minha vida se desmoronará tão rápida e inesperadamente que desejarei jamais ter existido. As mentiras que virão à tona serão tão devastadoras, tão aniquiladoras, que toda a minha vida ruirá ao meu redor. A pior parte, porém, aquela que vai me despedaçar, é não saber que este momento com a minha "filha" será a última boa lembrança que terei de minha adorada Nova York...

◆◆◆

FIM DO VOLUME DOIS

Agradecimentos

Em primeiríssimo lugar, quero agradecer à Tamisha Draper por ser essa fonte de energia incrível e extraordinária que você é. Você atende meus telefonemas intermináveis (para desgosto de seu marido, haha), lê meus livros várias vezes e, até mesmo, me força a sentar e escrever cenas de sexo quando digo coisas do tipo "Será que meus leitores vão mesmo me odiar muito se eu simplesmente suavizar todas essas cenas de sexo? Não, é sério, será que vão? Eles vão continuar me amando, não vão?".

Não sei de ninguém que se disporia a trabalhar incansavelmente, a gastar mais de cinquenta horas por semana trabalhando em uma carreira que nem sequer é a sua e em troca de quase nada...

Na verdade, estou chorando enquanto escrevo isso, porque, sinceramente, não mereço ter uma amiga tão especial como você. Você vai além com cada livro que escrevo e me força a me certificar de que cada um seja dez vezes melhor do que o último (se algum dia eu puder, juro que vou encontrar a melhor maneira de retribuir. E isso é uma promessa, porra!).

Obrigada a todos os amigos blogueiros que fiz até agora, Bobbie Jo Malone Kirby (por que você escolhe livros tão MELOSOS?! hahaha), Kimberly Kimball, Stephanie Locke, Lisa Pantano Kane, Michelle Kannan e INÚMEROS outros! (Se deixei alguém de fora, sinto muito, muito, muito! E, ei, publiquei isso aqui por conta própria, então, posso facilmente republicar incluindo seu nome aqui, hahaha... É sério, posso mesmo...).

Obrigada a Evelyn Guy pelo trabalho de revisão final... Percebi que você não escreveu muitos comentários nas cenas de sexo... HAHAHA!

Obrigada à minha mãe, Lafrancine Maria, por me deixar ler este livro para ela em voz alta. Mal posso esperar para ver a sua cara quando eu ler o terceiro volume!!!

E, por último, mas JAMAIS menos importante, obrigada aos melhores leitores do mundo! Amo muito todos vocês, mais do que jamais poderão saber! (Ou, como sabem que prefiro dizer, Amo.Vocês.Pra.Caralho.Porra!). Então, uma perguntinha: vocês gostam do Andrew? Acham que ele dá de 10 a 0 no dinheiro do Jonathan Statham?[1] HAHAHA!

Amo vocês pra caralho,

Whit

---

1 Personagem de outro romance da autora, *At Last*, segundo volume da série *Mid-Life Love*.

Carta ao leitor

Querido incrível leitor,

Muito obrigada por reservar um tempo de sua vida para ler este livro! Espero que tenha se divertido bastante e gostado de ler tanto quanto eu gostei de escrever.

Se tiver um tempinho, por favor, deixe um comentário nos sites da Amazon (amazon.com), da Barnes & Noble (B&N.com), do Good Reads (goodreads.com) ou me envie um e-mail (whitgracia@gmail.com), para que eu possa agradecê-lo pessoalmente.

Sou eternamente grata a você, por seu tempo, e espero ser convidada novamente para sua estante com o meu próximo lançamento.

Com amor,

Whitney Gracia Williams

Este livro foi composto nas fontes Myriad Pro, Courier New, Gothan Book,
Adobe Caslon Pro e impresso em papel *Norbrite* 66,6 g/m^2 na Imprensa da Fé.